A INEXPLICÁVEL LIVRARIA DA CEREJEIRA

Takuya Asakura

A INEXPLICÁVEL LIVRARIA DA CEREJEIRA

Tradução
Ayumi Anraku

HARLEQUIN
Rio de Janeiro, 2026

Título original: 桜待つ、あの本屋で

Produção editorial	Cristhiane Ruiz
Copidesque	Lui Navarro
Revisão	Rachel Rimas e Elisa Rosa
Design de capa	Banzisu
Adaptação de capa	Guilherme Peres
Diagramação	Abreu's System

Dados Internacionais de Catalogação na Publicação (CIP)
(Câmara Brasileira do Livro, SP, Brasil)

Asakura, Takuya
A inexplicável livraria da cerejeira / Takuya Asakura ; tradução Ayumi Anraku. – 1. ed. – Rio de Janeiro: Pitaya, 2025.

Título original: 桜待つ、あの本屋で.
ISBN 978-65-5970-556-6

1. Ficção japonesa I. Título.

25-288584 CDD-895.63

Índice para catálogo sistemático:
1. Ficção : Literatura japonesa 895.63

Bibliotecária responsável: Eliete Marques da Silva – CRB-8/9380

Rua da Quitanda, 86, sala 601A – Centro
Rio de Janeiro/RJ – CEP 20091-005
Tel.: (21) 3175-1030
www.harpercollins.com.br

SUMÁRIO

PRÓLOGO

A LOJA FICAVA EM um local indefinido no mundo.

Uma névoa espessa, nem branca nem cinza, pairava no ar. Curiosamente, porém, o espaço ao redor da loja, cercado por sebes bem aparadas, estava claro como cristal. Era quase como se a névoa estivesse se abrindo para alguma coisa, como se não tivesse escolha a não ser manter distância.

No centro desse cercado havia uma construção antiga de madeira. No topo do telhado verde e triangular, o catavento em forma de galo com o peito todo estufado mantinha o bico aberto ao céu, embora seu canto nunca fosse ganhar vida.

No jardim da frente que levava até a entrada da loja havia uma cerejeira com ramos pendentes. Parecia ser bem antiga; o topo da árvore se situava em um ponto mais alto que o catavento. Em plena floração, os galhos transbordavam de flores. O que tornava aquela árvore especial eram as cores peculiares dessas flores. A tonalidade da pétalas variava de um branco puro para o leve cor-de-rosa da *somei-yoshino* até o carmesim vívido da *hizakura*, ficando mais escuro à medida que se aproximavam do solo. Parecia que todos os tons possíveis de rosa e vermelho tinham sido pintados naquela única árvore.

A brisa ocasional fazia os galhos se moverem com suavidade, e as pétalas brancas, rosa e escarlate que caíam se sobrepunham, formando um carpete de textura complexa como a de um mármore. Um amontoado delas crescia em frente à porta.

De repente, um sininho tocou e a porta da loja se abriu, espalhando as pétalas que haviam se acumulado na entrada. Uma garota surgiu no batente. Usava um vestido jardineira vinho sobre uma camisa branca bem passada. Ela carregava uma placa grande demais para ela, com quadros-negros dos dois lados. Na placa, porém, não se via descrição de cardápio nem nada do tipo. Ela exibia apenas o nome da loja escrito em giz branco e vermelho, com letras em linhas duplas formando a palavra *sakura*, termo japonês que significa "cerejeira".

Será que a loja tinha sido batizada por causa das flores de cerejeira no jardim? Ou talvez tivesse alguma ligação com uma pessoa que também se chamasse assim. Era possível que a garota se chamasse Sakura, mas ela não parecia ter idade para ser a dona ou a gerente.

Depois de colocar a placa e se espreguiçar, ela entrou na loja e logo reapareceu com uma vassoura e uma pá. Começou a varrer com cuidado as pétalas espalhadas pelo caminho entre a placa e as sebes. Então, de repente, três pequenos galhos cobertos de flores pousaram silenciosamente à sua frente. A garota olhou surpresa para a cerejeira.

— Três? Vai dar tudo isso hoje?

Obviamente a árvore não respondeu. Ainda assim, satisfeita, a garota pegou os ramos de cerejeira em flor e, com a vassoura debaixo do braço, voltou para dentro.

O aroma de café ainda pairava no ar quando a garota seguiu direto para a cozinha. Usando uma tesoura para flores, ela cortou a extremidade dos galhos com habilidade, envolveu o corte com lenços de papel bem umedecidos e então os prendeu com jornal e elástico, colocando-os cada um em um vaso.

— Pronto.

Ao sair da cozinha, ela correu os olhos pelo local, ao que parecia procurando um bom lugar para dispor os galhos. Assim como o exterior, a parte interna da loja também era toda em madeira em tons de ocre e marrom, bastante apropriado para uma cafeteria. Usando uma escada, a garota começou a posicionar os galhos ao longo das paredes e também nos pilares. Havia muitos ramos semelhantes ali. As tonalidades de rosa davam um toque alegre ao ambiente. Decorar o lugar com ramos de cerejeira devia ser uma parte importante da rotina da garota.

Satisfeita com o trabalho, ela desceu da escada e pegou as pétalas que tinham caído pelo caminho. Depois passou um pano úmido por todo o lugar. Devia estar se preparando para o horário de abertura. Enfim, pôs uma mão na cintura e passou a outra na testa, para limpar o suor.

— Bem que você podia me dar uma mãozinha agora, sabe? — murmurou, lançando um olhar para a mesa ao seu lado.

Na mesa havia uma gata tricolor, de pelos longos demais para uma raça japonesa. A gata, que estava sentada em posição de pão de forma, sem mover um músculo até então, olhou sonolenta para a garota. Primeiro, levantou os quadris e esticou as patas dianteiras à sua frente para se espreguiçar com todo o corpo, então rolou sobre o ombro esquerdo e projetou as patas dianteiras para a garota, deixando a barriga à mostra, como se perguntasse se era aquilo que procurava.

— Não, Kobako, não foi isso que eu quis dizer.

Mesmo depois da reprovação da garota, a gata ainda ficou como estava, mas logo se levantou e voltou para a mesma posição de antes. Uma coleira envolvia o pescoço dela, à qual estava costurada uma placa metálica com os *kanjis* 香箱, que se liam *koubako* e significam caixa de incenso.

Desviando do olhar da gata, a garota foi até o aparelho de som perto da parede. Mais um artigo feito de madeira. Ela se curvou diante do aparelho e ligou o amplificador, que despertou com um som leve e vibrante. O vinil já estava no prato, e a etiqueta vermelha brilhante no centro contrastava com o preto do disco.

Ela verificou se o botão de controle estava na posição certa, girando-o com a ponta do dedo e, com delicadeza, apertou outro botão. O disco começou a girar, e o braço do aparelho se levantou. O vinil crepitou brevemente antes que o distante e hipnótico ritmo da caixa começasse a tocar. A batida incomum — um ritmo de compasso três por quatro — foi ganhando intensidade aos poucos, como se o som se aproximasse cada vez mais.

Entrou, então, a flauta, acrescentando uma melodia que combinava elegância e um ar exótico. "Bolero", de Ravel. Com uma estrutura simples, a composição apresenta duas melodias repetidas alternadas entre diferentes instrumentos. A peça mantém uma batida constante de percussão enquanto vai crescendo lentamente até o clímax.

A garota, que ouvia satisfeita o solo inicial da flauta com as mãos na cintura, de repente deu as costas e começou a rodopiar pela loja como se dançasse ao som da música. A gata, por sua vez, não moveu um único fio do bigode.

Havia estantes com livros por toda parte, exceto na cozinha, e alguns deles estavam espalhados sobre as mesas também. As estantes variavam em altura e largura, mas eram todas de madeira, como a mesa e o aparelho de som. Em contraste, os livros contidos nelas diferiam em altura, largura e conteúdo, quebrando a sensação de unidade.

Depois de um tempo, a garota parou na frente de uma das estantes e foi conferindo as lombadas enfileiradas lado a lado, da direita para a esquerda e da esquerda para a direita, com um espaço de cerca de um centímetro entre o dedo e os livros para não tocá-los diretamente. *A história sem fim, Sakura no mori no mankai no shita* [Sob a floresta de cerejeiras em flor], *Rashômon, O zoológico de vidro, Cachos e tranças, A vida e as opiniões do cavalheiro Tristram Shandy, O som e a fúria, Yume Juuya* [Sonhos de dez noites].

Eram todos livros de ficção, mas essa era a única coisa que tinham em comum. Parecia haver algo para todas as idades. Até mesmo grandes livros ilustrados eram vistos aqui e ali.

Do nada, os lábios da garota começaram a se mover.

— "Mais intensos que o ressoar dos sinos do meio-dia/ Fragmentos âmbar se espalham, e nesse momento/ Sinto mais forte o amargor da minha ira..."

Ela murmurou o que aparentemente eram versos de um poema de maneira quase hipnótica. Nem parecia estar consciente do que fazia.

O trombone agora assumia a melodia de "Bolero". No jardim, as pétalas continuavam a cair sem emitir som algum, refletindo a luz branca do sol.

— Kobako, qual devo escolher hoje?

A garota falava com a gata e, de vez em quando, parava a mão e tocava uma lombada de livro com a ponta do dedo. Sempre que fazia isso, ela se virava para a gata, que continuava imóvel. Esse vai e vem durou um tempo, até que a garota, parecendo desistir, passou para a estante seguinte, e depois para a próxima.

Enfim, quando os dedos dela estavam para passar por um livro grande, a gata deu um miado curto com apenas um dos olhos abertos.

— Esse?

Ao se virar, a garota viu que a gata levantara a cabeça, com olhos bem abertos. Suas pupilas douradas estavam dilatadas, como se quisessem dizer: "É esse". Tirando o livro da prateleira, a garota o levou até a altura dos olhos e o abriu com reverência.

— *Hum-hum* — fez ela, soltando um pigarro exagerado.

Ela segurava *O pequeno príncipe*. A voz dela, carregada de energia, e com um tom um pouco mais pretensioso, ressoou pela loja:

— "Minha estrela será para ti qualquer uma das estrelas. Assim, gostarás de olhar todas elas... Serão todas tuas amigas..."

Enquanto continuava a ler, a garota e a gata tricolor — de novo na posição de pão de forma — ficaram de frente uma para outra. Cada vez que a garota virava a página, a gata mexia os bigodes e piscava, como se concordasse com a leitura.

Do lado de fora, na frente da maior janela, as pétalas continuavam sua dança graciosa. "Bolero" seguia, reorquestrando as mesmas melodias, repetidas vezes.

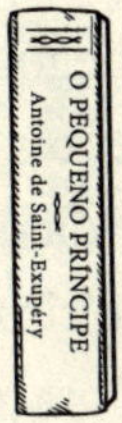

UM

O essencial é invisível aos olhos

E, ASSIM, A CREMAÇÃO chegou ao fim.

Menos de duas horas depois que a porta do crematório foi fechada, os 67 anos de vida de sua mãe haviam se reduzido a nada além de ossos e cinzas.

Mio carregou a mãe nos braços durante todo o caminho do crematório para casa. Embora estivesse guardada dentro de uma caixa, envolta em um pano grosso e coberta por um lenço *furoshiki*, ela podia sentir o calor no colo. Era como se sua mãe quisesse dizer que ainda estava ali.

Ao chegar ao lugar onde a mãe tinha morado, Mio se deparou com um prédio de madeira de dois andares, já bastante antigo. O pequeno apartamento ficava no canto voltado para o norte, no primeiro andar. Da janela era possível ver a margem do rio. Um pesado céu cinza pairava sobre as árvores secas do inverno. O sentimento de culpa de Mio só aumentava ao pensar que havia deixado a mãe morrer sozinha em um lugar assim. *Poderia ter feito tanto por ela*, pensou.

Até então, Mio nunca sequer havia colocado os pés naquele apartamento. Mais ou menos dois anos antes, a mãe decidira se mudar da casa da família sem consultar Mio ou seu irmão. Embora não tivesse boas lembranças da casa antiga da mãe, Mio não gostou da ideia de que o lugar onde ela e o irmão passaram a infância seria entregue a um desconhecido. O irmão sentia a mesma coisa. Foi uma rara ocasião em que cooperaram para tentar fazer a mãe mudar de ideia.

Mas ela não quis ceder, dizendo que os filhos quase nunca a visitavam e que sua decisão era definitiva. *Que ela faça o que bem entender*. Depois que a mãe se mudou para o novo apartamento, Mio passou a usar a rotina puxada de trabalho como desculpa para não visitá-la. Agora, arrependia-se profundamente disso.

O apartamento era mobiliado com apenas o essencial. Não tinha nem TV. Nem em sonho Mio imaginou que a mãe estaria levando uma vida assim, porque deveria ter dinheiro suficiente depois de vender a antiga casa. Pelo que disseram, parece que o futon levado com o corpo da mãe era o único conjunto de roupa de cama que ela tinha. Achando que precisaria se hospedar em um hotel executivo em frente à estação, Mio se perguntou se haveria algum problema em deixar as cinzas da mãe sozinhas no apartamento.

O tapete verde opaco e desbotado tinha uma aparência desgastada, mas estava limpo. Ela usou como altar a mesinha redonda que devia servir para as refeições. Colocou as cinzas ali e desmoronou em seguida. O cansaço a atingira de repente. Ainda assim, querendo dar notícias ao irmão, reuniu forças para pegar o celular na bolsa. Verificou o fuso horário — seria começo da manhã onde ele estava — e apertou o botão de chamada. Após dois toques, ele atendeu.

— Oi, Yoshihiro. Deu tudo certo aqui.

Houve um curto silêncio ligeiramente desconfortável até ele responder "obrigado". A voz do irmão parecia estar ecoando e causava certa estranheza. Ela não soube identificar de imediato se era algum problema na chamada ou se era porque *ela* estava estranha.

— Desculpa deixar tudo na sua mão até numa hora dessas. Sinto muito.

— Imagina, não teve jeito. Não era como se a gente soubesse que ela estava para morrer ou coisa parecida. Não tinha como a gente ter se preparado, nem mentalmente, nem de outras formas.

O irmão, que trabalhava para um grande fabricante de eletrônicos, morava na África do Sul com a família desde o ano anterior, quando assumira a responsabilidade de montar e operar uma fábrica subsidiária local. Pelo que parecia, não podiam voltar para o Japão com tanta frequência, então já fazia bastante tempo desde que haviam se encontrado pessoalmente. As palavras da mãe de que "os filhos quase nunca a visitavam" eram verdade.

— Onde você está?

— No apartamento da mamãe. Acabei de voltar com as cinzas. O funeral já terminou e vi que era um horário bom, aí resolvi ligar. Parece que ainda tem muitos trâmites burocráticos a resolver, mas eu dou um jeito.

— Desculpe.

Mio teve a impressão de que deveria haver mais o que dizer, mas não sabia por onde começar. Estava quase certa de que o irmão sentia o mesmo.

— Não consigo entender por que ela vendeu a casa — comentou Mio.

— Eu também não.

— Você já veio aqui alguma vez?

— Não, pior que não.

— Pois é. É a primeira vez que venho também. Não tem quase nada aqui.

Mais uma vez, o mesmo silêncio incômodo pairou entre os dois.

— Que filhos ingratos nós fomos. A gente deixou a mamãe morrer sem companhia, em um lugar desse, sendo que ela criou a gente sozinha — falou Mio.

Mio não achava que precisariam lidar com algo desse tipo — não tão cedo, pelo menos.

— Eu nem fui ao funeral.

— Mas não tinha jeito. Nossa mãe ia gostar muito mais de ver você priorizar o trabalho e a família e se dedicar às suas coisas. Acho.

No entanto, no momento em que falou isso, Mio sentiu um aperto no peito. Nunca poderia perguntar à mãe se isso era verdade. Porque não podia mais falar com a mãe. De repente, sentiu a verdade disso de maneira brutal. Por algum motivo, o irmão no outro lado da linha também permaneceu calado por um tempo.

Foram então tateando pela conversa e acertando as pendências burocráticas. Foi decidido que Mio prosseguiria com procedimentos que tinham prazos curtos, como a suspensão do cartão de seguro e pensão, e que conversariam novamente sobre os pertences da mãe e outros detalhes depois que soubessem quando Yoshihiro poderia retornar ao Japão. Mio sugeriu manter o apartamento da mãe alugado, pelo menos até o memorial do 49º dia. Pretendia pagar o aluguel, mas o irmão insistiu em pelo menos arcar com esse custo e, ao final, eles concordaram em cada um pagar metade.

Mio desligou o telefone e olhou novamente para as cinzas da mãe. Disseram que o pano que cobria a caixa de madeira se chamava *kotsuooi*. Isso também era novo para ela. O tecido era grosso, feito de vários tipos de fios brancos, cada um com um brilho um pouco diferente do outro, formando um padrão sutil que não podia ser identificado à primeira vista. Devia ter sido inspirado na flor de campainha-chinesa. *Queria desenhar algo assim*, pensou. *Passaria um dia inteiro — talvez até dois — traçando cada detalhe com cuidado, usando apenas a caneta.*

Por que estou pensando nisso agora?, Mio se perguntou, embora no fundo já soubesse a resposta: *É porque não consigo encarar o fato de que a mamãe se foi.*

* * *

Mio recebera a notícia enquanto trabalhava. Desde aquela ligação, se sentia desligada da realidade, como se estivesse vivendo dentro de uma bolha. Havia momentos em que se percebia distante de si mesma — dos próprios pensamentos, dos próprios gestos.

Ao se dar conta das cinzas mais uma vez, Mio finalmente se lembrou de acender o incenso. Uniu as mãos, curvou-se em oração. Mas, no íntimo, uma pergunta insistia: *Por que estou fazendo isso? E para quem, exatamente?*

Tudo começara numa tarde, quatro dias antes, quando o telefone do escritório tocou de forma inesperada. Era raro alguém ligar para o número fixo, e isso, por si só, já causava estranhamento. Relembrando o momento, havia algo inquietante na maneira como aquele som anacrônico se espalhara pelo ambiente.

Mio estava discutindo um problema pelo celular com seu editor: um mangaka amador a acusara nas redes sociais de plagiar a composição de uma de suas obras. Mio publicava uma série em uma revista de mangá, e a ilustração em questão aparecera em um capítulo lançado duas edições antes. O boato foi ganhando força na internet, até chegar ao ponto de começarem a surgir reclamações dirigidas à própria editora. Mas, do ponto de vista de Mio, não passava de uma acusação infundada.

— A única coisa parecida é a ladeira que desce em direção ao mar, costurando pelo bairro residencial. É uma composição simples, por que eu copiaria algo assim?

— Sim, sra. Kisanuki, tem razão. Mas é muito difícil provar que você não fez isso...

O editor responsável pelo mangá, que tinha acabado de assumir o cargo, era mais novo que Mio e um tanto quanto inexperiente. Esforçando-se para não soar ríspida, Mio continuou:

— É só sobrepor as imagens que fica muito claro. A linha do trem e a posição das pessoas ficam diferentes quando as linhas do horizonte são colocadas uma sobre a outra. E, eu não queria falar, mas a perspectiva da ilustração dessa pessoa é que está meio estranha, sabe.

— Em relação a isso, alegam que a sua ilustração mudou ligeiramente a posição dos elementos para o plágio não ser notado, e que isso é muito astuto para uma profissional.

— Que bobagem.

Tempos difíceis.

— Você está certa, mas o problema é que os argumentos da outra parte viralizaram e ganharam apoio. Agora, estão dizendo que existem mais similaridades, até o rapaz de uniforme empurrando a bicicleta e a garota, também de uniforme, que está segurando a bolsa na frente do corpo.

— Estou tentando retratar o dia a dia de estudantes do ensino médio. As variações são limitadas.

Ao dizer isso, Mio olhou novamente para a tela do computador e comparou as imagens. Não havia como negar que eram parecidas. Mas isso provavelmente era porque tanto ela quanto o ilustrador tentaram expressar a mesma coisa. Não era o mar ou a área residencial que quisera retratar, pelo menos não ela. Não era o traje nem o chaveiro de pelúcia de algum personagem pendendo da bolsa da garota. Não era algo visível, mas uma ternura ou algo que existia entre os dois naquele momento. Enquanto desenhava a cena cotidiana de dois adolescentes indo para a escola, Mio tentava captar aquele algo intangível — aquela ternura — que permanecia entre os estudantes. Era algo que ela claramente recordava.

— Estou falando com meus superiores sobre como lidar com o caso. Na verdade, as opiniões estão divididas, mesmo dentro do departamento. Há os que dizem que não há necessidade de fazer nada, e outros que dizem que, se for para publicar um pedido de desculpas ou comentário, que é melhor fazê-lo o quanto antes.

— Pedido de desculpas?

De quem? Sobre o quê?

— Bom, é que teve alguém que se magoou com isso, e talvez seja melhor que a empresa admita ao menos esse ponto...

— Você está falando sério?

Foi exatamente naquele momento que o telefone fixo tocou. Enquanto os demais permaneciam em silêncio, uma das assistentes levantou-se e atendeu. Ela respondeu com palavras breves que não revelavam nada, como "Sim" e "Não", antes de passar o telefone sem fio para Mio.

— Disseram ser da polícia, de, hã, acho que era...

O nome que se seguiu era o da sua cidade natal. De repente, seu peito gelou. Quando foi a última vez que ouvira a voz da mãe? Enquanto tentava se lembrar às pressas, disse ao editor do outro lado do celular que retornaria mais tarde, respirou fundo e pegou o telefone, receosa. Uma voz masculina perguntou:

— Falo com a sra. Mio Kisanuki?

Ela respondeu que sim, contendo o tremor da voz.

Foi o que chamam de morte solitária, *kodokushi*. Disseram que a mãe devia ter tido um ataque cardíaco. Ninguém sabia se ela não teve tempo de chamar socorro ou se já não tinha intenção de pedir ajuda desde o início.

Felizmente, o vizinho dela ficou preocupado por não vê-la havia dois dias foi logo falar com o proprietário. O proprietário chamou a polícia, e encontraram a mãe de Mio sem vida. O corpo dela foi primeiro enviado para uma autópsia por ser uma morte suspeita, mas foi julgado que não era homicídio e, àquela altura, a certidão de óbito já havia sido emitida.

— Que bom que conseguimos entrar em contato com alguém da família. Não há mais o que possamos fazer. Por favor, venha retirar o corpo o quanto antes.

A ligação provavelmente terminou com essas palavras. Mas, mesmo depois que a linha caiu, Mio ficou paralisada no lugar, o som indiferente do *bip* do telefone ainda ecoando em seus ouvidos. Não foi fácil perceber que a equipe ao redor a encarava, preocupada.

— Ah, me desculpem...

Foi tudo o que conseguiu dizer. Ela não chorou — nenhuma lágrima vinha. *Estou em choque*, Mio tentou se convencer. De repente, a voz da mãe ecoou em sua mente:

"Viver de cabeça erguida. Isso é o que sempre valorizei. Para que vocês não tenham vergonha de mim."

Mio não pôde deixar de se perguntar por que se lembrava de tal frase naquele momento. Ela mal conseguia lembrar quando sua mãe dissera aquelas palavras.

Finalmente tirou a mão do telefone e pensou que, antes de mais nada, deveria entrar em contato com o irmão, mas, pela hora, viu que era de madrugada onde ele estava. Hesitou, mas acabou decidindo mandar uma mensagem avisando da morte da mãe. Comunicar a morte da mãe daquela maneira pareceu uma decisão fria, e isso a fez sentir um forte incômodo.

Mio voltou para casa, pegou algumas roupas de luto e outros itens, e decidiu embarcar no próximo trem-bala. Takahashi, a assistente-chefe, se ofereceu para acompanhá-la, mas ela recusou educadamente dizendo se tratar de assunto pessoal. Preferia que Takahashi cuidasse de tudo no trabalho enquanto Mio estivesse fora. Mas o "deixa comigo" da assistente lhe pareceu um pouco triste.

Mio conseguiu chegar à sua cidade natal antes do anoitecer. Foi à polícia, que recomendou a funerária, e um homem que disse ser o responsável a apressou para "decidir logo". Ela escolheu fazer o funeral familiar no salão de cerimônia. Depois disso, ainda precisou escolher um caixão, um altar, a iluminação para o altar, a urna e o *kotsuooi*. Ao saber que existia um catálogo para tudo isso, não soube dizer se achava organizado ou exagerado.

Quando a reserva do crematório foi feita, até chegaram a dizer: "Que bom que tinha vaga. Em cidade grande não é fácil assim". Com o andar das coisas, poderia voltar ao trabalho em breve. Sentiu, no entanto, que não era com isso que deveria se preocupar agora. Tudo ocorreu sem problema algum, do velório à cerimônia de despedida e, então, a cremação. Ela só acompanhou o ritmo, dançando conforme a música.

* * *

O homem da funerária vez ou outra ficava com uma expressão intrigada, provavelmente porque, mesmo sendo a filha, Mio não parecia tão triste e acompanhava tudo sem emoção. Sentada ao lado do altar, na mesa redonda, Mio acendeu mais um incenso. Enquanto observava a fumaça que se dispersava, uma lembrança veio à tona.

"Não precisa se preocupar comigo, mesmo no futuro. Vivam as suas vidas com plenitude. Não se deixem prender a nada. Promete?"

Foi provavelmente durante o casamento de Yoshihiro que a mãe dissera essas palavras. Embora não lembrasse que tipo de conversa levara a essa frase, Mio não esqueceu que teve vontade de dizer: "Até parece". Mio tinha certo orgulho de dizer que era ela quem fazia todos os afazeres domésticos quando o irmão era pequeno. Achava que contavam com ela, que dependiam dela.

Não chegava a ser um incômodo, mas, quando a mãe tratara isso como se não tivesse acontecido, Mio ficou inconformada. *Naquela época, todas as tarefas domésticas faziam exatamente isso — tiravam minha liberdade. E era por causa da mamãe.* Mio protestou em silêncio, embora também soubesse que não tinha cabimento culpar a mãe.

Não haviam cortado relações nem ficavam batendo boca, mas tinham uma relação mais frívola do que o normal.

Isso valia para o irmão também. Ao refletir agora, talvez a mãe tivesse pensado que não podia se apegar apenas aos próprios filhos. Mas as crianças não entendem isso. Ainda assim, Mio nunca conseguiu confrontá-la. Sempre sonhou com um relacionamento de mãe e filha no qual seria possível falar de tudo, mas suprimiu esse sentimento, deixando-o guardado em um canto.

Não havia como negar que a vida da família mudou completamente depois da morte do pai. Para começar, trocaram o sobrenome de Oda para Kisanuki. O nome de solteira da mãe, claro. Mas o ambiente da casa já era um tanto desarmonioso antes disso. A mãe vivia criticando o marido. Mio não entendia bem o que ela dizia, mas não foram poucas as vezes em que ouviu a voz dela aumentando em intensidade e rispidez durante as intermináveis brigas. Ela ouvia quieta, fingindo que estava dormindo. Nas manhãs seguintes depois dessas brigas, quando perguntava: "Está tudo bem?", o pai sempre respondia com um sorriso enfraquecido.

O pai de Mio tirara a própria vida quando ela tinha 13 anos. Ela não sabia por quê. Só se lembrava de pensar que devia ter sido porque ele queria escapar, mas ela evitava se perguntar do quê. Se descobrisse que a única resposta possível era que ele quis escapar da mulher e dos filhos, isso sim seria uma tragédia.

Desde então, as finanças da família passaram a depender inteiramente da renda da mãe, que era professora do ensino fundamental. Mio teve que se ocupar não só do trabalho doméstico, mas também de Yoshihiro, seis anos mais novo. Todos os dias, assim que saía da escola, ela ia direto para a escola primária do irmão e voltava para casa, segurando a mão dele. Ao chegar, precisava faxinar, cozinhar, lavar roupas, e o tempo passava voando. Por levar essa vida, não podia participar de atividades ou clubes escolares, muito menos fazer amigos.

Ela, o irmão e a mãe jamais fizeram uma viagem em família, e a mãe nunca comprara jogos, livros ou mangás porque não eram uma necessidade. Até por conta disso, Mio passara a rabiscar no verso dos panfletos e nas margens de cadernos sempre que tinha tempo. Não esquecia, porém, que a mãe notara esse hábito e começara a pegar em algum lugar revistas de antigos mangás para garotas. Mio as lia repetidas vezes e copiava as ilustrações com verdadeira obsessão.

Afinal, por que a mãe era tão rígida com o dinheiro? Claro que era difícil ser mãe solo, mas ela era assim desde antes da morte do marido. Mio se lembrava de ver a mãe o repreendendo por gastar mais do que deveria. E tudo o que ele fazia era abaixar a cabeça, exausto.

A mãe de Mio não era muito boa em admitir suas fraquezas. Se naquela época tivesse conseguido expressar, ainda que minimamente, algum reconhecimento, alguma palavra de elogio pelo fato de Mio ter assumido todas as tarefas da casa e cuidado do irmão sem reclamar, talvez a relação das duas tivesse sido um pouco diferente. Mas, quando Mio percebeu, já havia se erguido um grande muro entre elas.

Quando estava para se formar no ensino médio, houve certo atrito. No final, os acontecimentos daquele período aprofundaram ainda mais a distância entre elas. Na primeira orientação com o professor responsável, a mãe de Mio foi logo anunciando que não poderia pagar mensalidades da faculdade e que não daria qualquer tipo de ajuda se a filha fosse sair de casa. Ela reforçou na frente do professor que, se Mio quisesse estudar, não a impediria, mas que não poderia contar com ela financeiramente. Como não havia universidades na região que Mio pudesse frequentar sem ter que sair de casa, ela se sentiu pressionada, e o sentimento de revolta se tornou ainda mais forte.

Felizmente suas notas não eram ruins, e a recomendação dos professores foi para que continuasse os estudos. Deixar o irmão a preocupava, mas ele já estava no sexto ano e já não dava tanto trabalho. Por fim, Mio decidiu dar continuidade aos estudos, apesar de ter que fazer um financiamento estudantil. Precisava fugir da sensação de sufocamento que pairava em casa, como se estivesse sendo enforcada aos poucos com uma corda de algodão puro. A mãe não se opôs.

Foi morar sozinha pela primeira vez em um dormitório feminino destinado a estudantes com financiamento estudantil. O aluguel era barato e as refeições estavam incluídas. Pela primeira vez pôde usar o tempo só para si, algo que não conseguia fazer desde que se conhecia por gente.

Exceto pelo trabalho de meio período, ao qual Mio dedicava o mínimo de tempo possível, sua vida se resumia a desenhar nos momentos em que não estava assistindo às aulas. E teve a sorte de construir boas amizades. Encontrou colegas com os mesmos interesses na universidade e no dormitório. Todo mundo já estava criando mangás com um profissionalismo que ela nunca havia imaginado, e Mio pôde aprender com eles várias técnicas, como o uso de retículas ou da mesa digitalizadora. Com o passar do tempo, começaram a quase competir entre si de maneira bem-humorada, enviando originais para os mesmos concursos e editoras.

Os dias passaram em um piscar de olhos depois que a publicação do mangá de Mio foi confirmada, no último ano da faculdade. Ela ligou para a mãe para avisá-la em primeira mão, mas depois dos moderados votos de parabéns, a mãe disse que Mio poderia fazer o que bem entendesse — fosse continuar por esse caminho ou arranjar um emprego estável —, mas que deveria se formar na faculdade. *Precisava dizer isso justamente agora?*, Mio pensou. Ainda assim, sabia que a mãe se importava com ela do seu jeito, e essa era uma das razões pelas quais ela continuava se esforçando tanto para conseguir o diploma.

Quando seu mangá começou a ganhar popularidade, amigas da faculdade, aspirantes a artistas, apresentadas a Mio pela editora, começaram a ajudá-la como assistentes. Muitas vezes ficavam todas em sua casa quando o prazo apertava e, com três ou quatro pessoas hospedadas naquele apartamento que não era muito grande, ela se sentia como numa festa do pijama. Depois de virar a noite trabalhando, costumavam entrar naquele estado de euforia. Uma fazia a outra testar poses bobas, como deitar de bruços e levantar os pés. Em um momento, estavam rindo com energéticos em mãos e, logo em seguida, caíam no sono como se a bateria tivesse acabado.

Mas as companheiras que compartilhavam os momentos de alegria e batalha também estavam começando a desistir, uma após a outra. As razões eram diversas. Algumas diziam que não sabiam mais o que gostariam de retratar. Outras deixaram a profissão de vez, querendo priorizar a família depois de terem um bebê. Talvez não fosse totalmente correto dizer que elas haviam desistido, mas Mio não conseguia se convencer de que haviam seguido em frente. Essa ideia fazia com que ela se sentisse deixada para trás, e esse pensamento a enchia de tristeza.

Quando percebeu, estava completamente distante da mãe e do irmão. Anos — décadas — passaram, e Mio visitava a casa da família apenas uma vez por ano, ou até menos. Quando ainda era estudante, não esperava que o irmão se casasse primeiro. Mas o fato é que teve um sobrinho antes de ter um filho. Quando foi apresentada como tia, foi difícil aceitar, mas agora não conseguiria agradecer o suficiente ao irmão e à esposa dele por terem dado um neto à mãe. Eles contaram que o sobrinho já frequentava a escola na África e falava inglês fluente.

* * *

Depois de cumprir as burocracias necessárias, Mio voltou a Tóquio para prosseguir com o trabalho para a próxima edição do mangá. Ao tentar desenvolver a história, porém, ela se deparava com uma espécie de parede invisível que não conseguia ultrapassar.

Quando se deu conta, nas árvores secas por causa do inverno tinham começado a despontar brotos verdes, deixando evidente o descompasso das estações em relação à sua cidade natal. Houve uma época em que Tóquio era chamada de deserto ou selva de concreto, mas, na verdade, não era difícil encontrar verde na cidade. O que estava sem rumo, como no meio de um nevoeiro invernal, era a continuação da história que Mio criava.

Foi quando um homem com o sobrenome Oda telefonou. Novamente, foi o telefone fixo do trabalho que tocou, e não o celular de Mio. Pelo sobrenome, ela deduziu que fosse um familiar e, como esperado, ele disse ser um primo. Seu nome era Fumiaki, e ele era filho do irmão mais velho do pai de Mio.

— Acabei só sabendo da Hiroko outro dia. Fiquei em dúvida se deveria ou não fazer isso, mas decidi entrar em contato.

Ele dizia ser um primo, mas, pela voz, parecia ter bem mais idade. Talvez fosse até mais próximo da geração da mãe de Mio. Ao conversarem, Mio ficou sabendo que o encontrara no funeral do pai dela. Ele lembrava que ela estava com o uniforme escolar na ocasião, mas Mio não se recordava. Depois que o pai dela morreu, nem ela nem o irmão tiveram contato com os parentes desse lado da família, além de ela estar muito ocupada com as tarefas domésticas.

Fumiaki insistiu para que se encontrassem, dizendo que havia um assunto sobre o qual queria conversar com ela. Como Mio planejava tirar uma folga por volta da cerimônia do 49º dia para organizar o apartamento da mãe e rescindir o contrato de aluguel, decidiu encontrá-lo quando fosse fazer isso. Quando ele lhe passou seus contatos, Mio descobriu que ele morava em uma cidade vizinha, colada à sua cidade natal. Durante todos aqueles anos, ele estivera tão perto da família — e, ainda assim, ela jamais ouvira falar dele. Por quê? Pensando bem, sua mãe nem recebia cartões de Ano-Novo da família Oda.

Embora hesitante, Mio consultou seu editor sobre a possibilidade de fazer uma pausa na série por cerca de dois meses.

Ele disse que ela poderia levar o tempo de que precisasse, porque acabara de perder a mãe. Mio foi atualizada sobre a história do suposto plágio — ao que parecia, a pessoa que a acusara não dava sinais de recuar. "Não temos absolutamente nada a esconder", reforçou Mio mais uma vez — mas, ainda assim, não conseguia se livrar de uma sensação de mal-estar.

Mio pretendia limpar e organizar o apartamento da mãe, rescindir o contrato de aluguel e depositar as cinzas no cemitério para dar um desfecho àquela situação. De certo modo, parecia que aquelas ações apagariam qualquer sinal da mãe neste mundo. Mas, se era esse o caso, não havia ninguém mais adequado a fazer isso do que ela, a própria filha. Queria poder fazer essas coisas ao lado do irmão, mas era difícil para ele regressar ao país somente com esse propósito. Ao menos ela o mantinha informado por mensagem. Os dois combinaram que Mio decidiria o que descartar e, caso houvesse algum item sobre o qual não conseguisse se decidir, ela o manteria por ora. E, assim, ela voltou à sua cidade natal. Levava um saco de dormir dessa vez, preparada para passar algumas noites no apartamento da mãe.

* * *

No dia da viagem, como saiu tarde, teve que se hospedar em um hotel próximo à estação. Na manhã seguinte, pegou um táxi e foi direto para o apartamento da mãe. Fechado havia um mês e meio, o lugar estava úmido e cheirava a mofo. Mio teria que limpar tudo para poder entregar ao proprietário ainda durante aquela estadia. A princípio, ela chegou a pensar em pedir ajuda — talvez a Takahashi, ou a algum funcionário da editora. Mas, considerando o tamanho reduzido do apartamento e o pouco que a mãe possuía, decidiu que não seria necessário. Além disso, no fundo, sabia que era algo que precisava fazer sozinha.

Vamos lá. Arregaçou as mangas e abriu a janela para começar. Uma brisa agradável de primavera entrou, e isso já fez com que se sentisse um pouco mais leve. Como o primo chegaria à tarde, a intenção era terminar a limpeza até lá, e, se possível, começar a organizar o lixo.

Era fácil limpar um quarto onde quase não havia pertences e a área para passar aspirador era pequena. Mais tarde, o próprio aspirador teria de ser descartado como lixo de tamanho grande. Quando fez uma pausa e olhou o relógio, viu que ainda faltava um tempo razoável até o primo chegar. Começou, então, a limpar a cozinha. Seria provavelmente a parte mais trabalhosa.

Esvaziou a geladeira, separando os itens recicláveis. Reforçou o saco no qual jogava o lixo orgânico colocando um dentro do outro e amarrou firme para que o cheiro não incomodasse. Depois, abriu o armário debaixo da pia. Assim como na geladeira, ali também estava repleto de evidências de que a mãe de Mio havia morado naquele apartamento. Óleo de cozinha, açúcar, sal e missô usados pela metade e alguns produtos da mesma marca ainda fechados. Havia licor de ameixa, provavelmente caseiro, num recipiente grande de plástico. Mio o levaria de volta e tomaria com Takahashi e a equipe, mas o restante dos produtos teriam que ser jogados fora.

Durante a limpeza do armário, acabou encontrando um item envolto em jornal. Ao abrir, encontrou um dispensador de molho de soja de vidro, inutilizável por ter trincado. Era o que usavam quando crianças. Mio se perguntou por que a mãe havia guardado aquilo, e então o pensamento de que nunca saberia a razão invadiu seu coração. *Talvez a vida fosse apenas isso: um acúmulo de mistérios estranhos e triviais*, pensou Mio.

O tempo passou mais rápido do que ela esperava. O primo telefonou para avisar que estava perto, então Mio correu para buscá-lo em frente ao prédio. Enquanto descia, percebeu que não tinha almoçado.

— Mio? Ah, você parece mesmo com a Hiroko.

Oda contou que veio de carro e estacionou no supermercado mais próximo. Ao entrar no apartamento, ele acendeu um incenso em frente ao altar provisório com as cinzas e a foto e passou um tempo de mãos postas. Ele trouxe até o *kouden*. Depois de terminar as formalidades, se virou novamente para ela.

— Mio, você chegou a ouvir algo sobre o que aconteceu entre a nossa família e a sua mãe?

Mio percebeu um leve traço de hesitação na voz dele. Balançando a cabeça, disse que não ouvira nada. Oda coçou discretamente a nuca, em silêncio.

— Como eu disse ao telefone, sou primo de vocês. O sr. Toshiyuki era irmão mais novo do meu pai.

Toshiyuki era o nome do pai de Mio.

— Meu pai e o seu tinham uma diferença de idade grande. Até por isso dizem que minha avó mimava demais o filho mais novo, e isso fez com que ele crescesse muito ingênuo.

Nesse momento, Mio se deu conta de que deveria ao menos servir um chá, mas era tarde. Não sabia onde ficavam as coisas na casa da mãe, e havia jogado as folhas de chá no lixo. Ela comentou com o primo a situação, e ele logo balançou a mão para tranquilizá-la:

— Não se preocupe com isso.

Apenas a fumaça do incenso costurava o espaço criado com o silêncio entre eles, que pareciam ter perdido as palavras.

— Nossa avó e a sua mãe nunca se deram bem, na verdade. — Meio cabisbaixo, ele continuou: — Ela não gostava da sua mãe ser mais velha que o seu pai e ter ensino superior completo. Minha avó a achava esnobe, porque sua mãe, além de tudo, ainda era uma funcionária pública e trabalhava de professora. Era quase como se minha avó se esforçasse para não gostar da sua mãe. Ouvi que ela até dizia que era por isso que seu pai não conseguia se manter em um emprego. Bem, é comum que uma mãe feche os olhos para os defeitos do filho, mas a nossa avó era um pouco extrema, de um jeito meio incomum. Houve uma época em que seus pais moraram separados por causa dela. É por isso que você e seu irmão têm essa diferença de idade. Mas, no final, os dois voltaram a ficar juntos, então acho que eles realmente gostavam um do outro.

Mio não sabia muito bem do que ele estava falando. Parecia que era uma história de ficção em que os personagens tinham nomes familiares para ela.

— E, quando pensamos que tudo tinha ficado bem, teve toda aquela confusão.

— Confusão?

A princípio, ela pensou que ele estivesse se referindo ao suicídio do pai, mas sentiu que a palavra "confusão" não seria usada para uma tragédia daquela magnitude, então perguntou do que se tratava. O primo ergueu o olhar e assentiu, sem jeito.

— Seu pai contraiu uma dívida. De uma quantia exorbitante. — Fumiaki prosseguiu com uma expressão de pesar: — Não temos mais como saber o que realmente aconteceu agora, mas parece que um amigo dele da escola pediu que ele fosse fiador. Só que não seria aprovado com o histórico de trabalho do seu pai, então ele pediu diversas vezes para a sua mãe. Professores são funcionários públicos, então devia ser mais fácil ser aprovado, na época. Dizem que sua mãe não quis de início, mas ele insistiu tanto que ela cedeu. A partir disso, foi a mesma história que ouvimos por aí. Esse amigo logo sumiu do mapa.

Era a primeira vez que Mio ouvia essas coisas. Mas, se era verdade, provavelmente era por isso que a mãe estava sempre brigando com o pai. Em silêncio, ela esperou o primo continuar. Não conseguia dizer nada, de tão chocada.

— Na realidade, nossa família também deu apoio financeiro. Pelo que ouvi, a casa em que vocês moravam foi dada ao sr. Toshiyuki e então hipotecada. Os dois se desculparam aos nossos avós, dizendo que dariam um jeito de devolver o dinheiro. No entanto, o seu pai não aguentou e acabou fazendo o que fez. A avó ficou tão alterada que até nós nos surpreendemos. Não parava de dizer que o filho dela havia morrido por culpa da esposa. Não há dúvida de que ela estava dizendo bobagens. A sua mãe era a vítima da história. Só que a relação das duas não tinha mais conserto. Para a avó, vocês eram os netos dados pelo filho que ela considerava ser o mais querido, mas ela começou a dizer que ia cortar relações e não queria mais olhar para a cara de vocês porque tinham o sangue daquela mulher.

Ele contou que, mesmo depois disso, a mãe de Mio aproveitava a ausência da sogra para visitar o pai de Fumiaki e devolver parcelas da dívida que eles haviam ajudado a pagar. Mesmo o pai de Fumiaki recusando, dizendo que ela precisava daquele dinheiro para cuidar das crianças, ela insistia, porque havia prometido que pagaria.

— Meu pai disse que ela era bem teimosa nesse sentido.

Ele contou que também se lembrava de quando a mãe de Mio pedira para a irmã de Fumiaki mangás que ela já tivesse terminado de ler.

— E meu pai disse que perguntou uma vez para sua mãe como ela aguentava tudo aquilo, e me contou que a resposta foi: "Na verdade, minha filha me deu uma bronca há muito tempo, dizendo para eu me manter firme e forte". Ela ainda contou a nós quando você conseguiu esse trabalho. Parecia tão feliz. Falava de vocês com satisfação, dizendo que eram motivo de orgulho.

Mio não conseguia imaginar a mãe falando aquelas coisas. Ela encarou o primo, incrédula. Parecendo um tanto desconfortável, ele soltou o ar pelo nariz.

— Um tempo depois que seu irmão ficou noivo, ela começou as negociações para vender a casa e, com o valor da venda, finalmente terminou de pagar toda a dívida. A essa altura, meu pai já tinha falecido, então foi a mim que ela pagou. Achei que deveria te dizer o que ela falou na ocasião, e, por isso, vim hoje. — Oda juntou os joelhos e endireitou a postura antes de continuar: — Ela disse que, apesar de não poder deixar nada para as crianças, pôde livrar vocês de um fardo desnecessário. E então se curvou, baixando a cabeça.

Certo. Talvez eu nunca tenha realmente entendido nada sobre a minha mãe. Mio mais uma vez ficou sem ter o que dizer, envolta em um pântano profundo de arrependimento.

— Já não há mais tantas oportunidades para me lembrar dessas coisas, a não ser em ocasiões como esta — disse Fumiaki. — Achei que você e seu irmão deveriam saber.

Ele foi embora pouco tempo depois. Mio voltou à organização do apartamento com dificuldade, sem forças nos braços ou nas pernas. Seu ritmo de trabalho diminuíra drasticamente comparado ao da manhã.

A frustração e a culpa por não ter sabido de nenhuma daquelas coisas foi se transformando em ira contra si mesma. De acordo com o que Fumiaki dissera, houve um tempo em que a mãe e ela viviam sozinhas até o nascimento do irmão. *Por que não me lembro de nada? Como minha mãe superou tudo isso?* Mas o que mais a intrigou foi o relato de que Mio dera uma bronca na mãe. Era impossível que isso tivesse acontecido. Ela e o irmão levavam bronca da mãe, mas nunca chegaram a ter uma relação em que pudessem confrontá-la.

Essas perguntas vagavam pela mente de Mio, mas, mesmo assim, ela deu um jeito de continuar a arrumação no apartamento, até que encontrou uma caixa de madeira no fundo do armário embutido. Era uma caixa de tangerinas bem antiga. Não chegava a ser um objeto de valor, mas parecia algo que guardava coisas importantes para a mãe havia bastante tempo. Como imaginou, o que apareceu primeiro foram cordões umbilicais, dela e de Yoshihiro, em caixas de paulownia. Havia também os diplomas do fundamental, do ensino médio, faculdade e licenciatura da mãe. Além disso, cerca de vinte coletâneas de redações de formatura das turmas pelas quais ela devia ter sido responsável.

No envelope enfiado no canto da caixa, quase como se tivesse sido escondido, estava o contrato de empréstimo com a assinatura da mãe como fiadora. A mão de Mio parou no ar, e um suspiro lhe escapou. Sua mãe havia guardado aquele pedaço de papel junto a objetos que marcavam momentos importantes de sua vida. Ao perceber isso, Mio foi tomada por uma emoção que não conseguia nomear. *Por que ela não disse nada?*, perguntou-se Mio mais uma vez. Ao mesmo tempo, uma parte de Mio pensava que talvez fosse óbvio. Afinal, ela mesma nunca havia ocupado o lugar de mãe, então talvez jamais pudesse entender de verdade como é essa sensação. Mas era algo difícil de engolir.

No fundo da mesma caixa havia um envelope contendo algo duro. Era um livro. *O pequeno príncipe*. Mio também tinha esse livro, mas não o lia havia muito tempo. Ela o abriu e vislumbrou a ilustração de três baobás logo no começo.

Foi nesse momento que recobrou lembranças de uma só vez. Era até estranho que tivesse as esquecido. A mãe costumava ler aquele livro para Mio, nos tempos em que a filha ainda estava se tornando consciente do que se passava à sua volta.

Depois da ilustração inicial, vinha a história, impressa em um tipo diferente de papel. O famoso desenho da "cobra que engoliu um elefante" apareceu. O mesmo para o qual, na história, os adultos olhavam e diziam que só viam um chapéu. No entanto, o pequeno príncipe misterioso que apareceu no deserto sabia do verdadeiro significado da imagem. E já nesse momento o príncipe se torna especial para o piloto, para o narrador e também para nós, leitores.

Mas é um livro difícil demais para ler para uma criança que nem começou a frequentar a escola, pensou Mio.

De repente, seu estômago roncou. Ela se lembrou de que não havia almoçado. Não tinha nada para comer ali. Enquanto pensava no que fazer, voltou os olhos para a janela e, sem querer, prendeu a respiração. Não notara pela manhã, mas as árvores à beira do rio que tinha visto sete semanas antes eram cerejeiras *somei-yoshino*. Em plena floração, haviam se transformado em uma visão de tirar o fôlego.

Já eram quase três horas. O sol já estava para se pôr, mas, pelo que se podia ver, não ventava muito. Mio poderia muito bem sair para admirar as flores de cerejeira. Ela considerou comprar algo no caminho e andar até lá.

Sair um pouco do apartamento ia lhe fazer bem. Ao mesmo tempo, ela sentiu como se alguém a estivesse chamando, como se estivesse sendo incitada por algo. Sentia que tinha que ir naquele instante.

Percorreu o apartamento com o olhar. Podia continuar a arrumar no dia seguinte. Estava preparada para ficar alguns dias ali. Dando essas desculpas para si mesma, Mio fechou a janela e se preparou para sair, não sem antes colocar *O pequeno príncipe* na bolsa.

* * *

Uma rodovia se estendia ao longo do caminho para o rio, e havia uma loja de conveniência ao longo da estrada. *Talvez, nessa mesma época no ano passado, minha mãe também tenha parado aqui para comprar alguma coisa antes de seguir para a beira do rio*, pensou Mio.

A encosta íngreme do barranco exibia manchas de verde brotando entre a terra marrom e a grama seca, enquanto flores amarelas despontavam aqui e ali. Uma ciclovia pavimentada entremeava as plantas em diagonal e subia até o topo. Mio acompanhou a rota da ciclovia com os olhos, então avistou somente a parte superior das cerejeiras no topo da encosta. Sorriu quando viu as flores que pareciam flutuar sozinhas no céu azul. Ao voltar o olhar para a encosta, constatou como era inclinada. Ela lançou um olhar para suas mules sem salto, escolhidas de propósito para a arrumação, já que entraria e sairia do apartamento várias vezes. *Ainda bem que não estou de salto*, pensou, ao dar mais um passo.

Estava até suando um pouco quando chegou ao topo do dique, até porque estava fazendo um calorzinho naquele dia. Mas logo se esqueceu disso, de tão maravilhada que ficou. A vista era melhor do que o esperado. O céu sem nuvens era de um azul puro, que servia de fundo para os fragmentos em um tom de rosa quase branco espalhando-se como confetes, preenchendo o cenário. As pétalas caíam num ritmo vagaroso, fazendo com que tudo à volta parecesse em câmera lenta. Dava a impressão de que naquele lugar o fluir do tempo era diferente.

O topo do dique em forma de cume era mais largo do que ela imaginara. Não havia muitas pessoas, apesar de ser uma época que oferecia uma bela paisagem. Um velho cavalheiro de chapéu caminhava devagar, segurando a mão da esposa. Ao lado deles, uma mulher levando dois cachorros grandes para passear os ultrapassou, segurando firme a guia e mantendo a devida distância do casal.

Mio se sentou em um banco entre as árvores. Dentro da sacola da loja de conveniência havia um *onigiri* de salmão e café em lata. Ela retirou o plástico e deu uma mordida no *onigiri*. Nesse curto intervalo de tempo, até engolir a primeira mordida, uma pétala pousou sobre o bolinho que ela estava comendo. Mio continuou a comer, admirando a paisagem.

Quando terminou, não teve vontade de voltar e recomeçar a limpeza. Juntou a lata de café e outros lixos na sacola, semicerrou os olhos e se virou na direção dos raios de sol, cujo brilho não a ofuscava. Eram raios suaves, característicos da estação. A beleza de cada uma das pétalas que dançavam livres pelo ar, refletindo a luz tênue, era indescritível.

Mio pensou em verificar o celular e o pegou da bolsa. Ninguém havia entrado em contato. No fundo da bolsa estava *O pequeno príncipe*. *Ah, verdade, eu trouxe o livro.* Ela abriu sobre os joelhos a obra que pertencera à mãe e virou a primeira página. Fazia quantos anos que não lia essa história? Provavelmente desde que era criança. Talvez tivesse uma edição mais nova no escritório, mas devia estar perdida sob a enorme pilha de coisas.

Enquanto folheava, a história que havia esquecido se recompôs em sua mente. A narrativa era contada como se *O pequeno príncipe*, vindo de um asteroide e caído no deserto, falasse com o piloto, que representa o próprio autor. Os habitantes de cada planeta, que o príncipe encontra na primeira metade do livro, lembram mais caricaturas de adultos de mente fechada do que personagens típicos de uma história infantil. Ainda assim, o tom não chega a ser satírico, talvez por causa das ilustrações feitas pelo próprio Saint-Exupéry. Elas criam um efeito sinérgico com o texto, tornando o universo construído entre os dois personagens algo único. E a história vai ganhando ainda mais beleza à medida que se aproxima do desfecho.

Apreciando a textura do papel que tocava a ponta dos dedos, Mio procurou a parte de que mais gostava e correu os olhos pela página. Eram as palavras de despedida do príncipe, de logo antes da última noite começar.

"Minha estrela será para ti qualquer uma das estrelas. Assim, gostarás de olhar todas elas... Serão todas tuas amigas."

As palavras haviam ganhado voz e ressoavam no interior de Mio. Ela pensou ser a lembrança de quando a mãe lia para ela, muito tempo antes, mas soava um pouco diferente da voz dela. Sentia que a voz da mãe era um pouco mais grave, e isso fez Mio perceber que já não conseguia lembrar com nitidez como era a voz da mãe. Sentiu um aperto no peito.

E o aperto se intensificou ao pensar que, dali em diante, as lembranças iriam se desvanecer cada vez mais rápido.

Sem se dar conta, estava olhando para o céu. *Como vou aceitar que não posso mais falar com você? Você podia ao menos ter me avisado.* Mio não conseguia evitar que esse sentimento tomasse conta dela, mesmo sabendo como era irracional. Já era tarde, mas Mio se arrependeu de ter acreditado que era natural a mãe estar sempre ali. Lembrou-se da sensação de calor da urna em seu colo. O calor que ainda parecia carregar um traço da mãe foi, a partir daquele dia, se dissipando aos poucos. E nunca mais voltaria.

Quando percebeu, Mio estava de olhos fechados, dando um suspiro profundo e pesado. Ali, desejou poder ouvir outra vez a voz da mãe lendo o livro. *Como será que ela se sentia cuidando de nós tendo nas costas a dívida que lhe fizeram contrair injustamente? Como foi que não se deu por vencida, mesmo depois de ter perdido o marido daquela forma? Queria saber ao menos algum detalhe.* Tinha tantas coisas que desejava perguntar.

E não só isso — eu queria poder falar com você sobre mim.

A verdade é que ainda tem tanta coisa que me deixa insegura e com medo. Não sei por quanto tempo meu trabalho ou minha série de mangá vão durar. Tento evitar as redes sociais, mas percebo, pelas pessoas ao meu redor, que houve muita reação negativa depois de toda aquela história do "plágio". Para ser sincera, estou apavorada. Diferente do Yoshihiro, eu não tenho uma família, e às vezes isso me deixa sozinha, ansiosa com o futuro. Eu queria tanto poder conversar com você sobre essas coisas. Ainda há tanto que eu gostaria de te dizer...

Foi nessa hora. Mio achou que alguém estava chamando por ela e abriu os olhos, mas não havia mais pessoas nas ruas e estava sozinha sob o pé de cerejeira. Ela teve até a impressão de que a luz estava diferente, mas poderia ser apenas o sol começando a se pôr. O céu continuava azul, mas, ao olhar para cima, a posição do sol estava mais baixa, embora a diferença fosse mínima.

Quase sem pensar, Mio se levantou ainda com *O pequeno príncipe* em mãos. Pensou ter ouvido o miado de um gato à distância. Talvez por isso tivesse achado que alguém a estava chamando. Filhotes de gatos que se perdem da mãe às vezes miam assim. Ainda com esses pensamentos, virou-se na direção do som e então avistou uma cerejeira de ramos pendentes que se destacava ao fundo da paisagem. Era um pouco diferente das *somei-yoshino* plantadas uma ao lado da outra. Sobretudo porque aquela árvore não estava ali até pouco tempo atrás.

Mio não entendeu por quê, mas seus pés começaram a andar na direção da árvore, como se tivessem vontade própria.

Era uma árvore peculiar. A copa era de uma cerejeira de ramos pendentes, mas as cores eram muito estranhas. As flores eram de um branco nebuloso no topo e um vermelho que se intensificava ao se aproximar da ponta. Cada vez que o vento travesso soprava as pétalas, o vermelho e o branco de tonalidades distintas se entrecruzavam, formando uma amálgama peculiar. Mio já tinha visto ameixeiras com flores rosa e brancas no mesmo tronco, mas nunca cerejeiras.

Ouviu outro miado. Dessa vez ele se prolongou um pouco mais do que o primeiro, e Mio teve certeza de que era um gato. Vinha do outro lado da árvore. Ela se aproximou como mandava seu instinto, e então avistou a silhueta de uma casa. Ela apareceu do nada, como se um filme tivesse cortado bruscamente de uma cena para outra. Não se podia dizer que a construção lhe era familiar, mas dava uma sensação de nostalgia. Ao longe, ouvia-se o som de música clássica.

Na frente da porta havia uma placa com a palavra SAKURA grafada. A placa era do tipo portátil, dobrável. Normalmente, há o cardápio do dia ou comentários do chef escritos com giz, mas naquela placa só havia uma única palavra. A linha dupla em branco e vermelho era o único toque especial.

Mio colocou a mão sobre a maçaneta, sem nem sequer pensar que tipo de estabelecimento seria aquele. Só sentia que tinha que entrar ali. Como se não houvesse outra opção além de abrir aquela porta.

Se parasse para pensar, Mio concluiria que não teria como haver um lugar como aquele sobre o dique. No entanto, mesmo antes de aplicar uma força mínima para abrir a porta, a maçaneta já estava girando, sem emitir som algum. Era como se aquele lugar estivesse esperando por Mio. Quando um vão se abriu, as notas da música se tornaram nítidas. Era uma melodia que ela já ouvira algumas vezes. Se sua memória não falhava, se chamava "Bolero". Havia algo de calmo e grandioso nela.

Uma mulher lia em voz alta ao som da música. Bom, talvez não estivesse lendo, mas tampouco estava cantando. O tom parecia próximo ao de uma prece. Aqueles sons e a atmosfera do lugar se juntaram ao aroma de café e atingiram as narinas de Mio enquanto ela espiava o interior do estabelecimento.

— "Quando olhares o céu à noite, eu estarei habitando uma delas, e de lá estarei rindo..."

Em frente à porta, estava uma garota de cabelo na altura dos ombros. Devia ter menos de 20 anos. Usava um vestido jardineira vinho sobre uma camisa branca, com um ar simpático e acolhedor. Por alguma razão, ela lia a mesma edição de *O pequeno príncipe* de Mio, embora a garota estivesse quase o recitando.

— "Então será, para ti, como se todas as estrelas rissem!" — A garota fechou o livro que tinha em mãos e se virou para Mio. — Seja bem-vinda. Estávamos à sua espera, sra. Mio Kisanuki.

Mio franziu as sobrancelhas, surpresa. *Como essa garota sabe meu nome?* Então, a garota a conduziu até uma mesa com uma placa de RESERVADO. Confusa, Mio deixou o olhar passear pelo interior do lugar. Seria uma livraria com um espaço para tomar café ou uma cafeteria com muitos livros? Tinha que ser uma coisa ou outra. O ambiente lembrava o de uma cafeteria, mas havia livros por todos os lados. Estantes ocupavam as paredes, e sobre as mesas maiores havia pequenas prateleiras com livros de bolso e mangás. Havia até livros nos cantos do balcão, presos por apoios de livros. O lugar transbordava livros.

Mio notou que também estava com *O pequeno príncipe* da mãe. Por falar nisso, o que ela tinha feito com a bolsa? Devia tê-la deixado no banco. *Ah, não! Meu celular e minha carteira...*

— Não se preocupe, não vai sumir.

A garota insistiu tanto para Mio se sentar que ela não teve outra alternativa senão aceitar. Nem teve tempo de estranhar que ela lera seus pensamentos. A garota pôs seu livro debaixo do braço por um instante para colocar um porta-copo e um guardanapo à frente de Mio e continuou, como se nada de estranho estivesse acontecendo.

— *O pequeno príncipe*. Um bom livro, não é? Também adoro. Deve ser... talvez o quinto livro de ficção mais lido do mundo. E isso é demais, porque não faz nem cem anos desde que foi lançado. Segundo os registros, ele foi traduzido para mais de trezentos idiomas. — O tom de voz dela soava bem animado. — Talvez seja o número um entre os livros infantis. Se bem que dizer que se trata de um livro para crianças parece causar muita controvérsia. Não se pode simplesmente chamá-lo de livro ilustrado. Todos vão concordar, porém, que as ilustrações do próprio autor tornam *O pequeno príncipe* único. Dizem que Saint-Exupéry dedicou-se bastante para fazer essas ilustrações, chegando a pedir para um amigo servir de modelo, deitando-se ou fazendo outras poses. Ele se preocupou até com o tamanho e a localização das ilustrações.

A garota era puro alto-astral. Mio, no entanto, estava mais confusa do que nunca.

— Mas então... onde é que eu estou? E como você sabe meu nome?

— Aqui é a minha loja. É uma livraria, mas recomendamos apenas um livro para quem vem. É mais um lugar onde as pessoas podem ir para aproveitar um momento especial tomando café. Sei seu nome porque ela me disse.

Como se aquelas palavras fossem um sinal, uma gata de repente saltou sobre a mesa à qual Mio estava sentada. Pelo visto, ela antes estava aos pés da garota. A gata, que desviou do porta-copos e do guardanapo com habilidade, ocupou o espaço exatamente à frente de Mio e ali se sentou, unindo as patas da frente. Era uma gata tricolor, mas os pelos eram bastante longos se comparados com os dos gatos japoneses. O peito era branquíssimo e lhe dava um ar de altivez. Mio supôs que aquela era a mesma gata que tinha miado pouco antes, mas, como ela não emitiu nenhum som, não pôde ter certeza.

— Na verdade, ela se chama Koubako, que significa caixa de incenso. A primeira vogal é mais longa, mas eu encurto porque é mais fácil de falar.

Enquanto ela dizia isso, a gata se deitou e dobrou as patas dianteiras embaixo do corpo. A posição de pão de forma remetia à caixa de incenso que lhe dava nome. Por fim, a gata tricolor deu um suspiro curto e então fechou os olhos sem emitir som.

— Já estamos juntas há muito tempo, então às vezes acabo deixando de falar também o "ko" do final. Acho que a teoria de que o nome dos gatos vai encurtando com o passar do tempo é verdadeira. Eles também não parecem se importar com isso... Você também não, não é, Koba?

A gata permaneceu de olhos fechados e não moveu nem o bigode. Será que ela tinha alguma objeção ou só estava dormindo? Não havia como saber.

— Ah, você não gosta? Koba é curto demais?

A gata permaneceu sem reação ao que a garota disse. Dessa vez, foi ela quem cruzou os braços e deu um suspiro.

— Gatos são assim mesmo. Vamos voltar ao assunto. Você ter vindo aqui é algo que acontece... mas não com muitas pessoas. Só que também não é raro. Não sei se minha explicação vai ajudar a entender, mas aqui é um lugar para onde são convidadas as pessoas que precisam de um pequeno milagre. Tipo um santuário temporário.

A gata abriu de leve um dos olhos e então o fechou novamente.

— Além disso, este lugar não está diretamente ligado ao seu mundo. Acho que a melhor forma de descrevê-lo é dizer que está firmemente conectado ao outro lado dele.

Levantando o punho até a boca, a garota fingiu um pigarro.

Aquele gesto da menina fez Mio se lembrar de uma cena de um mangá que desenhou. A garota levantou o dedo indicador e continuou:

— E existem algumas condições para que o seu mundo e o nosso se conectem. A primeira é que seja época de florada de cerejeiras. Isso porque a árvore na frente da livraria tem um papel importante na abertura do portal, mas não sei exatamente como funciona esse mecanismo. Há muitos objetos que têm esse papel, como o fundo de um armário ou uma cabeça de rena empalhada. Você pode considerar a cerejeira uma delas.

A garota levantou mais um dedo.

— A outra condição é que eu esteja lendo para Kobako, exatamente o mesmo trecho do livro que você estiver lendo, exatamente no momento em que você estiver lendo. Isso conectará os portais. Posso até revelar mais um pouco dizendo que, na verdade, não foi por pura coincidência que eu estava lendo esse trecho, mas porque ela me falou para ler. Até porque o conceito de tempo quase não existe aqui, então é como se o tempo fosse ao encontro desse "mesmo instante".

Nesse momento, a gata finalmente soltou um miado baixo e curto, como se assentisse. Mio não soube dizer se era o mesmo miado que ouvira do banco, mas também não achou muito diferente. Olhou mais uma vez para a garota e a gata, mas não encontrou qualquer resposta. A garota continuava com um sorriso de pura alegria e a gata de olhos abertos tinha uma expressão que dizia: "No céu acima e na terra abaixo, eu sou o mais honrado"*.

A garota forçou outro pigarro e continuou:

— Bem, este livro chamado *O pequeno príncipe* foi originalmente planejado como um produto para o Natal de 1943, durante a Segunda Guerra Mundial. Saint-Exupéry, o autor, estava nos Estados Unidos na época, e isso contribuiu para que o livro fosse lançado quase simultaneamente nos Estados Unidos e na França. Na ocasião da publicação, P.L. Travers, autora de *Mary Poppins*, fez uma resenha bastante elogiosa da obra, afirmando que o livro atendia "aos três requisitos que um excelente livro infantil deve atender": "verdadeiro no sentido mais profundo", "não dá explicações" e "contém uma lição".

---

* Frase com origem no budismo. Diz-se que foram as primeiras palavras de Sidarta Gautama. [N.E.]

— Então, desculpe, mas... — interrompeu Mio. — Acho tudo isso muito interessante, mas é que tenho outras prioridades. Estou preocupada com minha bolsa e nem sei onde estou. Já está na hora de eu voltar...

A garota e a gata se entreolharam. A gata balançava a cabeça com um dos olhos aberto, e a garota assentia. Mio se perguntou qual das duas era a dona.

— Kobako está dizendo que livros sempre foram comparados a "portas para mundos desconhecidos" e que isso descreve a essência deles. Frases feitas podem inesperadamente captar a natureza das coisas com exatidão, e esse é um exemplo.

A garota juntou as mãos na frente do peito e ergueu os cotovelos num gesto que parecia uma saudação de algum povo das colinas da Ásia.

— Isso quer dizer que milagres estão acontecendo em todos os lugares, a todo momento, mais do que imaginamos. Mas como esses milagres se dão e quem é agraciado com eles é algo bem aleatório. A entidade que decide esse tipo de coisa é imprevisível. É segredo, mas também sou uma espécie de vítima desses caprichos da entidade, embora ultimamente eu venha pensando que cabe a mim interpretar isso como sorte ou não. Só que eu demorei bastante para chegar a essa conclusão, mesmo que o tempo aqui seja diferente e tudo o mais.

A garota fez um beicinho sutil, mas seu semblante permanecia alegre.

— Portanto... é... encare isso como se você tivesse ganhado na loteria mesmo não tendo comprado um bilhete.

— Mas não dá para ganhar na loteria se não comprar um bilhete.

— Mas é um "milagre" porque você ganhou mesmo assim.

A garota suspirou e atenuou a expressão. Seu sorriso agora era um pouco diferente — talvez palavras como compaixão e amor materno o descrevessem bem.

— E, para começar, não fui eu que convidei você para vir. Deve ter sido a mesma entidade que me escolheu. Talvez essa entidade seja essa gata, mas não sei ao certo. E nós estávamos considerando realizar o desejo que você teve ao ler esse livro agora há pouco.

— Que desejo?

— Você disse que desejava ouvir a voz da sua mãe, certo? Que desejava falar e saber mais coisas.

Mio certamente pensara essas coisas, mas não dissera nada em voz alta.

— Não faz muita diferença se você vocalizou esses pensamentos ou não. As palavras já existem quando são concebidas. Só não têm forma.

— O que vocês realmente são?

— Se você perguntar o quê, acabo tendo que nos resumir à dona dessa livraria e à gata que eu crio, mas ela e eu já somos existências inseparáveis, algo assim, então não há muita diferença. Acho que você pode nos tomar como uma única existência, incluindo a livraria em si.

A garota estendeu o braço e acariciou a cabeça da gata tricolor chamada Kobako. Quando a felina virou a cabeça, Mio viu a coleira de relance, e havia um pingente no qual o nome dela estava gravado. A gata ronronava de olhos fechados, mostrando-se satisfeita. A garota à sua frente sorriu, radiante. Era como se não houvesse nada que a alegrasse mais. Por fim, disse:

— O que vai acontecer agora vai certamente ajudá-la a seguir em frente. Foi por isso que Kobako a convidou.

Ela então voltou os olhos para a gata, que miou novamente, como que em acordo. Mio teve a impressão de que a atmosfera ali havia se tornado um tanto afiada por um momento. Quando se deu conta, a imagem da garota e da gata, que estavam diante dela, começava a se distorcer. Pareciam aquelas imagens refletidas na casa de espelhos de parques de diversões.

— Ah, você vai sentir um pouco de tontura, mas não se preocupe. Vai ficar tudo bem.

A voz estava distorcida e soava áspera em algumas sílabas, mas era, sem dúvida, a voz da garota. Mio teve vontade de reclamar perguntando se ela achava que aquela situação já não era vertiginosa o bastante, mas ficou quieta. Tinha mais objeções a fazer, mas já não conseguia falar, e não sabia nem mesmo onde estavam seus braços e pernas. Era como se seu corpo não lhe pertencesse mais.

No momento seguinte, estava olhando para as páginas de *O pequeno príncipe* novamente. A princípio, pensou que havia voltado ao banco onde estava, mas entendeu que não era o caso quando uma voz que não era nem daquela garota nem dela própria chegou aos seus ouvidos, bem próxima.

— "Eis o meu segredo. É muito simples: só se vê bem com o coração. O essencial é invisível aos olhos."

Era, sem dúvida, a voz de sua mãe. Um dedo pequeno acompanhava as letras lidas pela mulher. Mio demorou um pouco para perceber que aquele dedo era dela.

— Raposa.

A voz que ecoava em seus ouvidos era dela — de si mesma, quando mais jovem. O que estava acontecendo? Embora Mio não soubesse ao certo, de algum modo entendia que agora habitava sua versão do passado e revivia uma experiência da infância. Talvez por isso o texto e as imagens do livro parecessem maiores do que antes.

Alguém acariciou sua cabeça. Ao se virar, Mio viu o braço da mãe estendido até ela. Ali estava ela, mais jovem — uma imagem que havia se perdido em suas lembranças fazia muito tempo.

— Mio, você entende. Que inteligente! Você adora raposas, não é mesmo?

Foi impossível não olhar bem fundo nos olhos da mãe, para o sorriso feliz da própria Mio que eles refletiam, como se a garota não tivesse qualquer preocupação no mundo. A mãe envolveu o rosto da filha e chegou bem pertinho.

— Você é muito esperta! Esse é meu livro favorito, sabia? Quando li pela primeira vez, pensei: *Nossa, as palavras podem se tornar tão bonitas*. Foi por isso que decidi me tornar professora de língua japonesa. Mas foi há muito tempo.

Mio se pegou rindo das cócegas que sentia quando a mãe esfregava a bochecha dela na sua. Sentiu a alegria com a mesma intensidade das cócegas e percebeu que estava de fato ali presente. A mesma voz que dissera “raposa” continuou a falar, e já não era mais possível saber se tinha apenas pensado em dizer aquilo ou se tinha sido seu eu criança quem falou:

— Eu também gosto desse livro. Mas não gosto de cobra. Dão medo.

Enquanto ouvia as próprias palavras, Mio se lembrou do quanto ficara obcecada por aquele livro na época, não desgrudava dele. Levava-o consigo para todo lado e vivia pedindo para a mãe ler, não só antes de dormir, mas a qualquer oportunidade que tivesse. E a mãe lia com toda a boa vontade. Na verdade, ainda não entendia bem o que a história dizia, mas olhar para as ilustrações já a alegrava, e ouvir a voz da mãe narrando tudo deixava Mio imensamente feliz.

Ah, é. Eu quis criar um mundo assim com minhas próprias mãos e por isso aprendi a desenhar, ela se lembrou com clareza. Imagens e texto se entrelaçam livremente para tecer um mundo único, que se constrói sobre o papel com a ajuda da tinta. Antes mesmo de poder explicar em palavras dessa forma, ela estava cativada pelo universo que ali se estendia.

"Sabe, nas suas obras do início da carreira, há trechos em que se dá um passo para fora da realidade em momentos inesperados. E eu amo isso. Decidi me candidatar porque ficaria muito feliz em poder ajudar a criar esse tipo de história."

Foi o que Takahashi dissera na entrevista para assistente. Isso já fazia quantos anos? Mas... Ah, é. O ponto de partida foi esse livro, *O pequeno príncipe*.

Assim que essa lembrança lhe ocorreu, Mio foi tomada por aquela tontura estranha de novo, e sua visão ficou turva.

Quando se deu conta, já estava em outro ambiente. Uma senhora repreendia sua mãe, berrando sem parar. Devia ser sua avó. Mesmo diante da ira da mulher mais velha, a mãe de Mio se mantinha resoluta, com a postura ereta. O pai permanecia cabisbaixo ao seu lado.

— O Toshiyuki não consegue um emprego decente porque você fica saindo para trabalhar.

No cômodo ao lado, Mio ouvia a voz da avó ficando cada vez mais alta. Tentou se concentrar em um livro, mas não conseguiu entender uma só palavra. Mesmo que os gritos não fossem direcionados a ela, achava aquilo insuportável.

— Você é mulher, deveria ficar em casa para apoiá-lo! É por sua causa que a Mio virou essa criança fechada, que fica aí só lendo livros em casa e nem brinca com outras crianças. Igualzinha a você, sem simpatia nenhuma. Mulheres têm que ser felizes no lar. Ela precisa aprender a ser mais feminina e se casar logo...

— Chega.

A mãe de Mio, calada até então, cortou a explosão da sogra em um tom ríspido.

— Ela vai ser feliz do jeito dela. E vai ter o futuro e a vida dela. A senhora não tem o direito de interferir nisso.

A avó ficou sem palavras por um momento, mas logo voltou a berrar, e o pai ficou ainda mais aflito. A mãe de Mio continuava a fitá-la sem se mover.

Sem fazer barulho. Mio se mexeu para ver a mãe. Ela continuava empertigada. Estava sempre assim. Suas costas nunca se curvavam.

Mio foi revivendo outras memórias do passado. Segurando a mão da mãe, virando-se para ver o pai, sem entender por que ele não vinha atrás delas. A mãe, desesperada, segurava o choro e repreendia o pai de Mio, que não fazia nada além de baixar a cabeça, prostrado.

Eu estava lá o tempo todo, assistindo à vida da mamãe se desenrolar diante de mim.

Havia também uma cena em que Mio começava a cochilar enquanto ouvia uma leitura e sua mãe lhe dizia algo em voz baixa.

— Viver de cabeça erguida. Isso é o que sempre valorizei. Para que vocês não tenham vergonha de mim.

Foram aquelas as palavras que vieram à mente de Mio depois da morte da mãe. Mas agora ela descobria que as palavras da mãe não haviam terminado ali.

— Por isso, quero que você também possa viver de cabeça erguida, independentemente do que aconteça daqui em diante.

Falando isso, ela passou a mão na cabeça da filha com carinho. Viver de cabeça erguida — essas palavras penetraram no coração de Mio com facilidade e se alojaram lá no fundo.

Agora Mio estava dormindo de uniforme escolar, com o corpo apoiado na parede e a cabeça do irmão no colo. Devia ter caído no sono depois de colocá-lo para dormir. Ao lado, *O pequeno príncipe* havia sido deixado aberto, virado para baixo. *Ainda estou de uniforme... Será que eu estava tão cansada a ponto de esquecer de me trocar?* Mio estava a ponto de julgar seu eu do passado, mas logo percebeu que aquele provavelmente era o dia do funeral do pai. Como esperado, sua mãe, que veio da cozinha, vestia roupas de luto.

Mio abriu os olhos e procurou palavras que deveria ou que poderia usar para consolar a mãe enquanto se ajeitava, tomando cuidado para não acordar o irmão. A mãe começou a arrumar copos e cinzeiros que estavam na mesa redonda próxima, parecendo não perceber seus movimentos. A forma como ela tocava os objetos era tão instável que chegava a ser preocupante. Era visível que ela tentava conter as mãos trêmulas.

Mio puxou uma almofada que encontrou por perto e pôs sob a cabeça do irmão. A mãe por fim se levantou e voltou para a cozinha com passos incertos.

Depois do funeral, um grupo de pessoas estranhas tinha ido em sua casa e falado coisas em um tom ameaçador. Mio não teve certeza se quem se lembrou disso foi o seu eu atual ou o seu eu criança. Ela ficou preocupada com a mãe e se levantou, tomando cuidado para não fazer barulho. Foi quando ouviu um som alto vindo da cozinha. Algo caiu no chão. Mio foi até lá depressa e encontrou a mãe agachada em frente ao dispensador de molho de soja rachado.

— Mãe, tá tudo bem? Você se machucou?

Correu até onde ela estava com um pano e rapidamente enxugou o molho de soja que havia se espalhado pelo piso de madeira. O tecido, que já não estava muito limpo, foi ficando ainda mais escuro.

A mãe não se mexeu.

— Desculpa — disse ela baixinho, olhando para um ponto vazio. — Eu não aguento mais. Como ele pôde me abandonar assim? Não tem como eu dar conta disso sozinha. Mio, talvez nós três devêssemos nos juntar ao seu pai...

Ao ouvir a voz quase inaudível da mãe, Mio sentiu o sangue subir-lhe à cabeça.

Não. Essa não é a mãe que eu conheço.

Ela é mais...

As palavras formaram um turbilhão, e, quando percebeu, Mio estava de pé em frente à mãe. Seu irmão ainda estava dormindo no cômodo ao lado. Ela colocou o dispensador de molho de soja de volta na mesa e olhou para a mãe, agachada. Não sabia dizer se era o eu do passado ou o eu de agora que desejou fazer aquilo. Mesmo assim, forçou as palavras para fora.

— Não vem com essa! Isso não faz sentido, você não é assim! Você é mão de vaca, rigorosa demais, deixa todas as coisas de casa nas minhas mãos, nem liga pra a gente e só pensa nas outras crianças... mas sempre foi forte. Nunca mostrou fraqueza. Você falou uma vez que deseja viver de cabeça erguida. Que sempre valorizou isso. Então volta a ser como você sempre foi!

— Hein? Você é... a Mio, mesmo?

Naquele instante, algo dentro de Mio se rompeu — ou talvez, finalmente, se libertou.

— E-eu... eu... eu quero...

Quando percebeu, Mio já estava chorando. Rompeu em soluços altos, chorando como uma criança em meio a um acesso de raiva. Surpresa, sua mãe endireitou levemente a postura. Quando Mio se deu conta, já estava agarrada ao corpo frágil da mãe como se sua vida dependesse disso. Seu choro continuava, cada vez mais alto e claro. *Será que isso realmente aconteceu?*, perguntava-se a Mio do presente em algum canto da mente. *Talvez tivesse acontecido.*

A mãe começou a afagar as costas da filha. Em algum momento, o irmão acordou por causa do choro de Mio. Com as mãos sobre os olhos, também abriu o berreiro e assim que saiu do quarto se agarrou ao corpo da mãe. Ela deu um jeito de abraçar os dois e assumiu uma expressão resoluta.

— É, você tem razão. Não posso me dar por vencida. Eu tenho vocês dois, Mio e Yoshihiro...

O tom de voz dela era completamente diferente daquele de instantes atrás. Era a voz habitual que Mio estava acostumada a ouvir, altiva e segura.

— Não posso desistir, não é mesmo?

Ela então abraçou os filhos ainda mais apertado. Nessa hora, Mio sentiu como se as emoções da mãe fluíssem para dentro dela. Naquele instante, havia se conectado com a mãe.

— Eu vou fazer de tudo para que vocês possam viver de cabeça erguida.

Mio ecoou as palavras da mãe. Ao fazer isso, lembrou-se do que a garota lhe dissera: as palavras existem, mesmo antes de você lhes dar forma. *Talvez seja isso que ela quis dizer*, pensou Mio.

Ah. Eu recebi tanto amor...

Assim que esse pensamento surgiu em sua mente, Mio ouviu um miado de gato vindo de algum lugar. E, como se tivesse sido combinado, a sensação do abraço da mãe, que até então a envolvia, se dissipou. Ainda assim, o calor permaneceu em seu corpo.

— E então, como foi? Acho que, se fôssemos dar um título, poderia ser algo como "O breve sonho do ocaso".

O que você acha? Faça um mangá com esse título. Garanto que vou colocar aqui na livraria.

Diante de Mio estavam novamente a garota de vestido vinho e a gata tricolor. A garota inclinava a cabeça com o mesmo sorriso travesso de antes. *É, não deve haver algo que essa garota não saiba.* Ou talvez fosse a gata que soubesse de tudo. Mio nunca teria a resposta, independentemente de quanto pensasse.

— Acho que está na hora de você voltar para o lugar de onde veio. Ainda é bem frio durante a manhã e à noite nessa época do ano. Tome cuidado para não pegar um resfriado. Não, não precisa pagar. Só não se esqueça de nós e desta loja. Só isso já basta. Aqui se chama Sakura.

Com essas palavras, a garota fez uma reverência profunda. A gata tricolor que estava sentada na mesa em posição de pão de forma deu outro miado breve, quase como se concordasse. Isso se sobrepôs ao som de um livro se fechando, que Mio não soube dizer de onde veio.

* * *

Mio despertou de repente e se viu sentada no banco sob as cerejeiras. Não era a cerejeira de ramos pendentes, com aquela gama sublime de cores. Era uma *somei-yoshino* normal, em plena florada, sobre o dique às margens do rio. A bolsa estava no seu colo, com *O pequeno príncipe* despontando para fora. Ao lado, a sacola com a lata de café e a embalagem do *onigiri* permanecia exatamente onde ela havia deixado.

Será que foi um sonho?

Se tivesse sido, ela se lembrava de tudo com muita clareza. Atraída por uma cerejeira incomum, encontrou uma livraria curiosa. Ouviu o miado de uma gata e abriu a porta. Entrou em um lugar preenchido pelo aroma de café e uma melodia calma. A garota lhe contou sobre Saint-Exupéry. Então, Mio vivenciou cenas do passado partilhados por ela e a mãe, como se estivesse lá novamente...

O celular vibrou dentro da bolsa. Era uma mensagem de Takahashi.

> Está tudo bem? Qualquer coisa, manda mensagem. Estamos ansiosos para continuar. Ah, e a editora mandou uma mensagem de condolências. Tachibana, o editor responsável anterior, também ligou e pediu para dizer que você não precisa se preocupar com nada.

— Obrigada.

Mio acabou agradecendo em voz alta, sozinha, e escreveu essa mesma palavra como resposta. *É mesmo. Se eu não estiver de cabeça erguida, não vou conseguir honrar os esforços da minha mãe.*

Talvez tivesse sido tudo um sonho. Mas não importava. Era como se, ao fechar os olhos, Mio pudesse ouvir a voz da mãe, sentir o calor daquele abraço. Isso já era suficiente.

O sol já estava se pondo. Através dos galhos floridos da cerejeira, ela viu a estrela vespertina que brilhava com intensidade no céu crepuscular. Será que sua mãe vivia em uma daquelas estrelas? Se assim fosse, certamente estaria sorrindo. Mio desejava isso com todo o coração.

Que você também possa viver de cabeça erguida...

Mio sentiu como se, daquele novo lugar, a mãe tivesse dito aquilo mais uma vez. *Ela se foi de verdade, não é?* Lágrimas se formaram no canto de seus olhos. Mas ela não as enxugou. Não quis. Sob a chuva das pétalas de cerejeira cor-de-rosa, Mio permaneceu ali, soluçando em silêncio. As lágrimas finalmente tinham chegado.

E O PRÓXIMO CLIENTE É...

O RITMO DE COMPASSO três por quatro fazia as nuvens de vapor do café vibrarem. Como se guiada pela melodia da música, a garota rodopiou com *O pequeno príncipe* em uma das mãos e virou-se de costas para a gata sentada à mesa.

— Sabe, Kobako...

Agora de frente para a estante, a menina começou a falar enquanto deslizava o livro de volta para o lugar de onde o tirara. Pelos gestos, era possível perceber que ela tomava o máximo de cuidado para não danificar o livro, criar amassados no canto ou algo do tipo.

— Sempre que abro esse livro, eu penso: fui eu quem te cativou ou foi você quem me cativou?

A gata sentada como um pão de forma não reagiu. Não deu nem um bocejo.

— Bom, deixa pra lá.

Depois de guardar o livro, a garota estava prestes a percorrer a estante com a ponta dos dedos a uma distância ínfima das lombadas, mas a gata miou. Era um miado mais longo, como se ela se opusesse a algo.

— O que foi?

Com as mãos na cintura, a garota se virou num movimento ágil. Ela se aproximou da mesa e se inclinou, levando o rosto para perto da gata. Kobako ergueu o focinho em resposta.

— Ah, hoje você quer mudar as mesas de lugar primeiro?

A gata deu um miado curto como se assentisse. Talvez estivesse querendo dizer que era exatamente isso.

— E quer criar um espaço aqui no meio? Isso vai dar um trabalhão, sabia?

Expirando o ar pelo nariz de uma forma que não chegava a ser um suspiro, a garota se dedicou por um tempo à tarefa que a gata lhe incumbira. A cada vez que ela puxava as cadeiras ou movia as mesas, os galhos de cerejeira em vasos solitários tremiam. Logo, um espaço do tamanho de um pequeno palco se abriu em frente ao balcão da cozinha. Pétalas estavam espalhadas pelo chão, que agora parecia mais amplo. A garota secou a testa com as costas da mão e falou com a gata mais uma vez.

— Bom para você, não é? Você só manda e pronto.

A gata havia encolhido o pescoço completamente e voltado para a posição de pão de forma, os olhos cerrados.

— É, parece que eu sou o bicho de estimação aqui.

Depois desse comentário, que não soava nem como queixa nem como insatisfação, ela voltou ao seu ritual de escolher um livro. O dedo dela pairava bem em frente à estante onde havia colocado *O pequeno príncipe*, e depois deslizou do alto até o fundo da prateleira, passando de um nível ao outro. De vez em quando, algum livro chamava sua atenção, e ela parava por um instante virando somente a cabeça para olhar para a gata. No entanto, não era uma tarefa fácil encontrar um livro que satisfizesse os critérios de Kobako.

Quando a busca chegou aos livros de formato grande, acomodados entre aparadores sobre a mesa de quatro lugares e o dedo da garota estava prestes a passar por um certo volume, a gata soltou um miado agudo. Ao se virar, encontrou a gata de cabeça erguida e olhos brilhando. A menina sorriu, satisfeita.

— Tá. O próximo é esse, então? Eu também gosto muito desse.

Puxou o livro e o segurou com as duas mãos, aproximando-o do rosto. Na capa, lia-se *Sonhos de dez noites: Edição em letras grandes*. Passando o livro para uma das mãos, ela soltou seu habitual *hum-hum* e abriu o livro de um jeito cerimonioso.

> "O sol nasce. E se põe. E se nasce novamente. E se põe outra vez — e durante esse tempo em que o sol vermelho vai de leste a oeste, e de novo de leste a oeste, será que você consegue continuar esperando?"

Dentro da loja, os galhos de cerejeira descansando no vaso solitário tremulavam, dando ouvido à voz da garota. De vez em quando, as pétalas se desprendiam, uma e depois outra, desenhando espirais elegantes no ar ao dançarem em direção ao piso.

Do nada, uma sombra trêmula surgiu, preenchendo os assentos do fundo da sala. Era como se algo hesitasse em aparecer. Assim como as flores de cerejeira, a sombra também parecia gostar da leitura, fazendo seu contorno se escurecer e se tornar mais fraco de acordo com o ritmo da voz da garota. A gata tricolor estava de olhos fechados, e ainda se ouvia "Bolero".

DOIS

Cem anos já haviam se passado

Os olhos dele foram atingidos inesperadamente pela luz do sol que brilhava através da janela, penetrando entre as folhas da árvore. Ofuscante não era suficiente para descrever a sensação. Ele não estava preparado. O temor de perder a visão por causa da luz forte, mesmo que por um instante, foi visceral. Ele podia ter deixado escapar qualquer coisa: um macaco, um veado, uma pedra ou a árvore à frente. E só essa possibilidade já bastava para lhe causar um arrepio. Ele piscou depressa, cerrou os dentes sob a alça do equipamento de proteção e apontou o dedo para a frente para ajustar a visão. Essa série de movimentos já havia se tornado um hábito.

Trens que percorrem trajetos entre as montanhas passam por arcadas de árvores de vez em quando. Toda vez que isso acontecia, o condutor tensionava a mão que segura a alavanca, preparando-se para reagir a qualquer momento. Conduzir um veículo com vagões pesando toneladas, transportando a vida de diversos passageiros, gerava uma pressão fora do normal. Além disso, era quase impossível desviar de algo no trajeto, então não havia muito a ser feito além de estar sempre atento ao que estava bem adiante.

Mesmo assim, a vigilância de conduzir por esse trecho montanhoso era, para Shingo, algo quase bem-vindo. Da primavera ao início do verão, o verde brilhante das folhas jovens dominava o cenário com petulância. Mas logo esse verde vibrante sucumbia ao sol implacável do auge do verão, murchando diante de sua intensidade. De repente, manchas amarelas e laranjas começavam a surgir aqui e ali, que rapidamente cediam o trono para o carmesim e o dourado deslumbrantes do outono. E, pouco depois, tudo isso era coberto pelo manto branco platinado do inverno.

Uma das belezas do Japão era o modo tão claro como se distinguiam as quatro estações.

O trem logo se aproximou da estação, localizada no sopé da montanha. No lado oposto, do outro lado da linha, havia uma encosta sobre a qual estava um pequeno bosque de *yamazakura*, cerejeiras silvestres. Na primavera, decoravam a colina de modo tão deslumbrante com suas flores que o encanto do lugar se espalhou no boca a boca e até chegou a ser um ponto turístico por um tempo.

Os vagões que estacionavam na plataforma sob a condução de Shingo apontaram o velocímetro para o zero, parando, como sempre, com extrema precisão no local correto. O tempo de parada previsto era de cinco minutos.

Depois de verificar a segurança da plataforma, Shingo checou os freios mais uma vez e desceu do trem. Ele se alongou na ponta dos pés ali mesmo para aliviar a tensão do pescoço. Havia neblina por toda parte, talvez por ainda ser bem cedo. As flores de cerejeira na montanha também estavam cobertas por esse véu branco. *Que pena*, assim pensou ele ao se virar para o outro lado, onde ficavam as catracas e o prédio da estação. Nesse instante, um vento repentino soprou a neblina, e ele avistou uma construção que nunca tinha notado. Um telhado triangular verde sobre paredes de madeira em estilo japonês, com muitas janelas. Havia também um cata-vento de cobre em forma de galo no topo...

Espere. De onde veio isso? Ele tinha certeza de que não havia estações assim naquela linha de trem. Para começar, nem parecia uma estação. Shingo foi tomado por uma sensação de estranheza. Então, percebeu que havia alguém no banco perto das catracas. Não precisou forçar os olhos para reconhecer que era sua esposa, Yuriko.

— Ei, por que você está aqui? — perguntou, surpreso.

Ela se levantou e abriu a boca para dizer algo, mas sua voz não chegou até ele. Nesse instante, a neblina voltou a ficar espessa. Seu braço, estendido na direção da esposa, havia desaparecido do pulso para baixo. Então, ainda confuso, uma forte ansiedade o invadiu. O sino anunciando a hora da partida do trem começara a tocar. *O que Yuriko está dizendo? Se eu não me apressar, não vai dar tempo.*

Era mais ou menos isso o que Shingo Kikukawa sonhava até pouco antes de acordar naquela manhã. Talvez fosse uma brincadeira da memória dele. Mesmo se tratando de um mundo sem forma, a experiência que Shingo vivenciou diversas vezes durante mais de quarenta anos era reproduzida fielmente em cada detalhe. A velocidade em que o trilho se aproximava, a vibração do trem, a regularidade do som, a ordem em que as diversas árvores apareciam e a cor das folhas, a inclinação do sinal e o ângulo da curva eram exatamente as mesmas que Shingo vira e ouvira como maquinista, exceto pela casa desconhecida da estação que aparecia no final.

Mas, quando acordou, Shingo já havia esquecido o que sonhara, e até que havia sonhado. Ele não estava certo nem mesmo sobre ter se aposentado da profissão de maquinista anos antes. Também não entendia por que estava com lágrimas no canto dos olhos ao acordar.

* * *

No quarto em que Shingo morava atualmente havia somente uma janela voltada para o oeste. O sol forte do final da tarde durante o verão às vezes o incomodava, mas era ótimo poder ter uma vista boa, ainda mais por causa das montanhas naquele lado da instituição.

A vista que se alternava com a mudança das estações lhe acalentava o coração. Ao menos isso o fazia ter consciência de que o tempo passava.

Shingo se levantou, colocou os pés no chão, sentando-se na cama, pôs as mãos nos joelhos e expirou. Ele se sentiu grato mais uma vez por seus pulmões e seu coração ainda estarem funcionando. Em seguida, abriu e fechou a mão direita sobre o joelho cinco vezes. Sem problemas. Depois, tentou a mesma coisa com a mão esquerda. Não tinha a sensação completa de alguns dos dedos, mas estava melhor do que antes.

Tentou se levantar, mas não conseguiu de imediato. Ainda não tinha total controle da perna esquerda. A bengala que ficava na cabeceira não estava ali naquela manhã. Tudo bem, só havia caído no chão. Franzindo o cenho, ele se inclinou para a frente estendendo o braço até a bengala e puxou-a para si. Foi frustrante levar tanto tempo para fazer somente isso.

Apoiando-se na bengala, foi até a pia do quarto e lavou o rosto. Usou o barbeador elétrico com cuidado olhando-se no espelho. Escovaria os dentes após o café da manhã. *Ah, tenho que tomar esses remédios para não ouvir reprimendas... e eu nem sei para que servem.*

Depois de pentear o cabelo, ele se sentou na cama, respirou devagar, levantou-se e trocou de roupa. Deixou o pijama sobre a cama. Passou os braços pelas mangas e pôs a gravata. Até ali, tudo ia bem. Colocar as calças levava mais tempo, porque tinha que se sentar e passar uma perna de cada vez. O mesmo procedimento era feito para calçar as meias.

Para finalizar, ele tirou do cabide um uniforme com botões dourados e o vestiu, colocando também um chapéu. Logo se sentiu cheio de energia. Nem se lembrava mais de que precisara da bengala para se levantar ao acordar. Somente o café da manhã ocupava a mente de Shingo naquele momento.

O refeitório ficava no primeiro andar. Teria que ir de elevador para chegar lá. Quando saísse, viraria à direita. Ele tinha quase certeza de que era isso, e seu peito se encheu de alegria quando sentiu o cheiro da comida. Ao voltar os olhos na direção do bufê, viu que já havia uma fila. A cabeça de todos era branca vista de trás, exceto a da pessoa que pintava o cabelo de roxo, por algum motivo. Por que alguém fazia isso, ele não conseguia entender. *O nome dela era... qual era o nome dela, mesmo? Ah, não preciso me lembrar disso. E nem sei se a conheço, para começo de conversa. Eu me lembro daquela cor, mas não consigo me lembrar do rosto.*

Chegou a vez de Shingo. O cardápio era igual para todos. O daquela manhã era mingau de arroz, omelete adocicado, salmão grelhado, uma conserva de alga *konbu* e outra conserva de verdura *nozawana*.

— Ah, vovô, tá vestido assim de novo. Já não tá na hora de mandar a roupa para a lavanderia? — perguntou uma das funcionárias da cozinha, enquanto servia o mingau de arroz.

Lia-se "Matsumoto" no crachá dela. Ela era alta, e só de olhar dava para ver que o cabelo debaixo da touca era bem comprido. O sorriso animado e radiante dela dava a impressão de que distribuía sua vitalidade para todos os lados.

Shingo, porém, se incomodava com essa atitude. A simpatia da garota por algum motivo lhe irritava, e ele não gostava de ser chamado de "vovô". Soava como se ela chamasse todos os homens idosos assim para não precisar se lembrar dos nomes de cada um. A insatisfação só cresceu ao observar a jovem funcionária.

Já houve vezes em que esse sentimento saiu do controle e ele acabou explodindo na frente de todos. E não foram apenas uma ou duas vezes. Mas, quando se dava conta, não conseguia nem lembrar por que estava com raiva. Era isso que irritava Shingo mais do que qualquer coisa. Todos os dias, havia mais coisas das quais não conseguia se lembrar. O contrário não acontecia. E ele sabia que as memórias estavam lá. Ou seria mais correto dizer que ele queria acreditar que estavam lá? De qualquer forma, ele não conseguia acessar a memória que deveria estar lá. Ele não conseguia extraí-las. Shingo sentiu aquela intensa impaciência crescer em seu peito.

Naquela manhã, Shingo mais uma vez apenas fez uma reverência à funcionária chamada Matsumoto e pegou a bandeja, calado. Quando ele se virou para procurar um assento vazio, ela franziu o cenho de leve, parecendo desanimada, e um funcionário ao fundo da cozinha perguntou:

— Tudo bem, Mai?

— Tudo bem — respondeu ela, e acrescentou, sorrindo: — É o de sempre.

Naturalmente, Shingo não fazia ideia de que essa conversa estava acontecendo.

Ouviam-se conversas e risos pelo refeitório, mas ele encontrou uma mesa desocupada, sentou-se sozinho e se concentrou em se alimentar, em silêncio. Em seguida, juntou as mãos na frente da bandeja com utensílios vazios, abaixou a cabeça e agradeceu pela refeição em voz baixa, então colocou a bandeja de volta no balcão, foi até a pia no canto do refeitório e fitou o próprio rosto no espelho. *Está tudo bem. Meu cabelo está penteado. Não há sujeiras aparentes no chapéu. Posso escovar os dentes depois do café da manhã. Mas, antes disso, tenho que tomar os remédios exatamente como instruído.*

Mas, de repente, ele não conseguia se lembrar se havia tomado café da manhã ou não, e se sentiu desorientado. *Para quem devo perguntar?* A quem poderia perguntar uma coisa dessas? Por coincidência, os olhos dele se voltaram para o balcão de retirada, onde tinha uma placa indicando que o horário do café da manhã havia terminado.

É verdade, a refeição matinal está no fim. Eu já devo ter comido, provavelmente.

Então, a mesma funcionária de antes notou a presença de Shingo e acenou para ele. O sorriso dela era quase ofuscante, talvez por conta da pouca idade. Desconcertado, Shingo deu um jeito de estampar um sorriso no rosto também. Era um sorriso fraco e inseguro que ele nunca mostraria na frente do espelho, mas é claro que ele não saberia disso.

Cerca de metade dos residentes foi para o saguão do mesmo andar após a refeição. Havia uma televisão grande ali. O volume também estava relativamente alto, e as legendas serem exibidas em tamanho grande era uma ótima ajuda para os olhos já cansados. Os canais geralmente exibiam programas de viagem, especiais de músicas antigas e aulas de *go* ou *shogi*. Em dias de lutas de sumô, a TV ficava sintonizada do meio-dia às seis horas, passando todo o conteúdo relacionado às competições.

Naquele dia, a atração era um documentário que se passava nos Estados Unidos. A protagonista era a Rodovia Federal nº 66 do país, conhecida como "Rota 66". Ao perceber isso, Shingo encontrou um lugar vago mais à frente para se sentar.

A Rota 66 foi a primeira rodovia a ligar o Meio-Oeste e a Costa Oeste dos Estados Unidos, e era famosa também como o palco do romance de Steinbeck, *As vinhas da ira*, que ganhou adaptação para o cinema. Na mesma época, duas girafas da África também cruzaram o continente por essa estrada, do porto de Nova York até Los Angeles. Na primeira parte do programa foram apresentadas essas curiosidades relacionadas à estrada. Na segunda parte foi retratado o declínio gradual da Rota 66 devido à conclusão da rede de vias expressas no país por volta de 1990.

É assim no mundo todo, pensou Shingo. Com o desenvolvimento da rede de vias expressas e trens-bala, termos como "rotas sem lucro" passaram a ser mencionados com frequência, privatizações foram realizadas agressivamente, as linhas começaram a ser chamadas de terceiro setor, e muitas delas acabaram sendo desativadas. Tais mudanças provavelmente estavam ligadas às políticas nacionais ou à tendência dos novos tempos, mas Shingo não sabia como se referir a essas forças.

Depois que o primeiro trem a vapor do Japão percorreu a rota entre Shinbashi e Yokohama, em 1872, a ferrovia em pouco tempo se tornou presente no cotidiano. Mas manter algo que as pessoas passaram a considerar garantido não era tão fácil quanto parecia. Na verdade, havia alguns aspectos que não deviam ser medidos apenas pela eficiência e lucratividade. Enquanto pensava nessas questões, Shingo colocava força no punho que estava sobre o joelho.

O programa parecia ter acabado. A música que começou a tocar no encerramento não poderia ser outra: "Route 66", de Nat King Cole. Shingo apertou o punho sobre o joelho novamente. *Ah, era isso que eu estava esperando.*

Essa música, "Route 66", era a música dele e de Yuriko. Ele ficou ali, grudado na TV, porque pensou que poderia ouvir aquela música. Quando era jovem, ouvia músicas de artistas como Cole, Bobby Darling, Frank Sinatra e Paul Anka com a esposa. Naquela época, era comum chamar o lugar que frequentavam de "salão de dança".

Com a mão direita ele pegara a mão de Yuriko e com a outra tocara na cintura dela, e os dois dançaram ao ritmo da música. *Quando vou dizer, se não agora?*, pensara ele. Até Nat King Cole o encorajava: "Vai em frente!"

"Quero me casar com você", declarara Shingo.

Yuriko respondera que sim, sem pensar duas vezes. Ela encostara o rosto no peito dele como se tentasse esconder sua expressão dos olhos de Shingo por um tempo, mas de repente se afastara e levantara o rosto.

"Mas quero que me prometa uma única coisa."

Então os lábios de Yuriko se moveram de forma lenta, mas seguras. Ele havia concordado.

O que ela disse naquela hora?

Shingo foi tomado por uma sensação semelhante à ansiedade outra vez. Sentia que tinha que recuperar aquela lembrança imediatamente, ou seria tarde demais. Porque não restava muito tempo. Ele sabia que seu tempo estava chegando ao fim, pontual como o horário de partida de um trem.

Era a única coisa que sabia. Era como se a aflição que o atormentava bagunçasse sua mente, fazendo com que Shingo não soubesse mais o que tentava lembrar, ou pior, chegando a ponto de não saber mais o que estava pensando.

Ele queria que alguém o ajudasse. Queria que a esposa segurasse sua mão. Mas só havia rostos desconhecidos à sua volta. Eles apenas olhavam para a TV com uma expressão vaga.

Por que não estou em casa?

Onde é esse lugar?

Onde está Yuriko? E a minha filha?

A que horas sai o trem que eu tenho que pegar?

Quando percebeu, estava com o corpo curvado para a frente e com a cabeça abaixada entre as mãos. Sentiu o coração bater mais rápido. Ao abrir a boca, percebeu a garganta totalmente seca. Chegou a pensar que aquela sensação o levaria a secar de dentro para fora, e um forte assombro o invadiu. Shingo não aguentou e gritou. Emitia sons ininteligíveis em direção aos próprios joelhos, bem na frente do rosto.

Todos olhavam para ele, mas Shingo não notou. Shingo ouviu passos se aproximando, e a velocidade deles indicava que não pertenciam a pessoas idosas. "O que aconteceu?", "É que ele de repente...", foram algumas das palavras trocadas.

Shingo notou a mão de alguém em suas costas e enfim voltou a si.

— Vovô, o que aconteceu? Está tudo bem?

Ao levantar o rosto, com a mente ainda difusa, viu um crachá em que se lia Matsumoto. Pensou que aquele era um sobrenome cujos caracteres eram simples, e, ao se dedicar a analisá-lo, recobrou a consciência.

— Meu nome é Kikukawa. Você não tem o direito de me chamar de vovô!

Ele não tinha intenção de dizer aquilo em voz alta, mas as palavras já haviam escapado. O sorriso desapareceu do rosto da funcionária, a ponto de Shingo se sentir culpado.

—Ah... me desculpe — emendou ele, sem pensar, mas não sabia por que exatamente estava se desculpando.

Os idosos que o observavam à distância começaram, pouco a pouco, a se afastar. Alguns voltaram a se sentar nas cadeiras em frente à televisão, outros desapareceram no corredor e outros formaram um grupo para ir até o jardim, abrindo a porta de vidro.

Onde será que estou?, pensou Shingo, enquanto se levantava com a ajuda da mesma funcionária. *Provavelmente é uma casa de repouso. Mas, se sim, há quanto tempo estou aqui? Será que saí do meu emprego?* Nem disso sabia. Ele se perguntou novamente se a esposa estaria ali também. Se sim, por que ele não a via em lugar algum? Aquilo era incompreensível para ele.

* * *

Shingo passou a maior parte do dia dentro do quarto, esmorecido. Nos dias em que se sentia um pouco melhor, tinha consciência de que havia esquecido algo importante, e isso lhe incomodava bastante. Mas manter essa consciência por um ou dois dias era difícil. Sentia somente uma ansiedade sem forma se acumulando dentro de si, como em um pântano.

Depois de mais ou menos uma semana nesse estado, lhe informaram que uma pessoa que dizia ser sua filha viera visitá-lo. Quando Shingo a viu na sala, no entanto, ficou surpreso. Ela tinha feições iguais à da esposa.

— Eu vim te ver porque disseram que você não estava se sentindo bem e fiquei preocupada — disse a moça, colocando a mala no chão.

Os olhos de Shingo acompanhavam a figura que se movia até a janela do outro lado do cômodo. Foi preciso coragem para falar.

— Yuriko? Procurei tanto por você. Onde você estava esse tempo todo? Por favor, não me deixe preso aqui. Eu quero ir para casa. Preciso ir trabalhar. Senão, vou até esquecer como conduzir um trem.

A mulher se virou para ele e balançou a cabeça com uma expressão triste.

— De novo? Quero achar que já me acostumei e que não tem jeito, mas é complicado se for sempre assim. Olha, pai. Vou dizer mais uma vez. Eu sou sua *filha*, Sanae. Só que eu me casei e meu sobrenome agora é Yasuhara. Moro com meu marido em uma cidade um pouco afastada daqui. É por isso que só venho de vez em quando. Eu sinto muito por isso. E você já se aposentou do emprego de maquinista há muito tempo.

É mesmo. Tínhamos uma filha com esse nome.

Ah. Sanae. Você é a Sanae. Mas... e a Yuriko? O que aconteceu com ela? Ela não veio junto?

— A mamãe faleceu há cinco anos. Você continuou na casa sozinho por um tempo, mas, há três anos, teve um derrame quando saiu. Felizmente, pessoas por perto prestaram socorro rápido, então o pior não aconteceu. Mas, como filha, fico preocupada de você ficar sozinho, então pedi para que viesse para onde a Mai está. De início, você não quis, e deu bastante trabalho para convencê-lo. Bom, você não deve lembrar, né?

É mesmo? Quem é Mai? Aliás, de quem ela está falando?

— Ah, eu trouxe um presente para você.

Não se importando com a confusão de Shingo, a pessoa que dizia ser sua filha pegou um objeto grande de dentro da bolsa.

— Você tinha me pedido.

Ela retirou um livro de dentro de um envelope pardo. O título dizia *Sonhos de dez noites*.

— O livro que a mamãe adorava. Você falou que queria ler da outra vez que vim.

— Eu não diria uma coisa dessas.

— Mas *disse*. Tive até o trabalho de encomendar, porque você disse que queria uma edição com fontes grandes. Que desfeita.

Será que eu realmente pedi esse livro? Não me lembro de ter feito isso, mas talvez eu só não me recorde. Isso deve ser o mais provável.

Shingo ainda não estava certo de aquela mulher diante dele ser realmente sua filha.

Enquanto pensava, ouviu batidas à porta novamente. Antes que Shingo pudesse dizer alguma coisa, Sanae disse: "Pode entrar", e a porta se abriu.

— Pedi para fazer um intervalo para vir te ver. Como ele está, mãe? O vovô melhorou um pouco ao ver você?

A pessoa que apareceu na porta foi a funcionária com o crachá escrito Matsumoto. Ela não estava mais usando touca, e seu cabelo de fato era longo. A garota também era bem alta.

— Não sei. Se bem que ele não parece tão deprimido quanto você fala.

— Você acha? Então tudo bem.

— Só que ele ainda parece não acreditar que sou a filha dele.

— Ah, é? Mas ele não se esquece de vir comer, pelo menos.

Ela então puxou uma cadeira de algum canto e se acomodou ao lado de Sanae. Estava mais sorridente do que o usual.

— Olha, pai — disse a mulher mais velha. — Ela é a Mai. Minha filha e sua neta.

Sem compreender, Shingo fitou o rosto de Sanae.

— Mas o sobrenome dela é diferente.

— É porque ela se casou com o Matsumoto, daqui.

Shingo não se satisfez com a resposta e passou a se perguntar quem era o tal Matsumoto, mas Sanae parecia não notar sua desconfiança. Ela colocou as mãos no livro que havia trazido e suspirou.

— Ela sempre foi apegada ao avô e à avó. Lembra que vocês muitas vezes cuidavam dela? Acho que não se lembra, mas quando a mamãe passou mal pela primeira vez ela estava no ensino médio, aí Mai deve ter pensado que ajudaria vocês de alguma forma um dia, então tirou o certificado de técnica de nutrição, de início. Depois, arrumou um emprego aqui, que era perto da casa de vocês, e agora ela já tem o certificado de nutrição geriátrica. Ela sempre disse que cuidaria dos avós se um de vocês ficasse sozinho, e acabou sendo assim mesmo. Tenho muito orgulho dessa minha filha.

— Ai, fico até sem jeito — brincou a garota. — Mas pode aproveitar e elogiar mais, viu, mãe?

Mesmo durante essa conversa, Shingo se limitou a observar as mulheres à sua frente. Ele não tinha certeza de que a história que estava ouvindo era verdadeira. Sabia que as duas não estavam mentindo, mesmo sem ter evidências. O problema era que Shingo não se recordava de nada que pudesse confirmar o que elas estavam dizendo.

Foi quando ele recuperou a imagem de um bebê brincando com Yuriko. Se essa era a memória dele com a neta, talvez estivesse tudo certo.

— Mas a Mai ainda é desse tamanho.

Ainda sentado, Shingo colocou a mão na altura do joelho. As mulheres se entreolharam, com um expressão que talvez fosse até de alegria. Então, Mai notou o livro no colo de Sanae.

— Ah, *Sonhos de dez noites* — comentou ela. — Ei, vovô, a vovó alguma vez explicou por que gostava desse livro?

Shingo percebeu uma leve hesitação na voz dela ao chamá-lo de "vovô", mas tudo indicava que havia decidido manter seu jeito entusiasmado de sempre. Por algum motivo, isso o deixou aliviado. A neta pegou o livro e começou a folhear as páginas.

— O livro conta a história de uma mulher que morre e renasce como um *yuri,* um lírio. E, como você sabe, os ideogramas para *yuri* significam "cem" e "encontro". É um encontro após cem anos. A vovó dizia que gostava muito. Quando eu era criança, ela dizia coisas como: "Esses dois vão se encontrar de novo em uma outra vida", "Não sabia que meu nome tinha um significado tão lindo".

— Você falava até dessas coisas com sua avó? — perguntou Sanae.

— Sim, ela também me contou várias coisas antes de falecer. Na verdade, ela até me contou um pouco sobre quando o vovô a pediu em casamento.

Enquanto ouvia o diálogo das duas, Shingo apenas pensava: *Ah, então Yuriko já não está mais aqui*. Notando o avô, Mai comentou:

— Vô, as cerejeiras *kawazu* estão lindas agora. Floresceram de uma só vez nos últimos dias. Que tal se formos lá? Dá até para ver daqui.

Shingo foi até a janela e olhou para baixo. Ele viu um aglomerado rosa-escuro logo abaixo.

— Vamos lá rapidinho. Vai ser bom.

Ela estava com o sorriso radiante de sempre, e dessa vez o bom humor da garota o deixou alegre, ao contrário do que acontecera no refeitório dias antes. Achou que deveria ir lá ver, ao menos. Aquilo o fez perceber como um sorriso era poderoso.

Os três saíram do quarto e pegaram o elevador até chegar ao térreo. Shingo foi capaz de andar sem dificuldade até o final do corredor, mas ficou cambaleante quando chegaram à saída para o pátio e quase caiu. *É por isso que preciso usar meu uniforme.* A filha apontou para alguma coisa, sugerindo que a usassem. Ao olhar para a direção indicada, viu uma cadeira de rodas. Em situações normais, ele teria recusado na hora, mas, naquele dia, não conseguiu rechaçar a ideia. Ele hesitou, mas as duas o fizeram se acomodar na cadeira, um tanto contrariado.

Não ventava e o sol primaveril era tênue, agradável. Era, de certa forma, nostálgico para Shingo se mover sem usar suas próprias forças. Assim avançaram pela via pavimentada por pedras e logo avistaram as cerejeiras em plena florada. Eram bem mais escuras do que a variedade *somei-yoshino*.

— Olha — disseram a ele, que assentiu.

* * *

"Fui designado para uma linha que passa por uma estação onde há um agrupamento de cerejeiras *yamazakura*. Elas ficam bem de frente para o prédio da estação. Quando estão no ápice na florada, é deslumbrante."

"Ah, então me leve lá em um dia de folga."

"Isso é meio difícil."

"Ah, vamos. Vai saber quantas vezes mais vamos poder ver as flores das cerejeiras juntos."

* * *

Tive uma conversa assim com Yuriko em algum momento. Disso eu tenho certeza. Esses pensamentos ocupavam a mente de Shingo. A filha pôs algo em seu colo. Era o livro. Deviam ter trazido lá do quarto.

— Dá uma lida quando puder. Tive todo o trabalho de trazer.

Shingo respondeu apenas meneando a cabeça. Foi quando o funcionário que sempre ficava no fundo da cozinha chegou ao jardim e se curvou para ela, tirando a touca.

— Pai, só um minuto, eu e Mai só vamos ali rapidinho dizer oi.

Shingo voltou o olhar para as flores de cerejeira, e então para os joelhos. Ele observou com atenção as fontes do livro *Sonhos de dez noites*. Por algum motivo, só isso já o encheu de ternura.

Virou uma página e passou os olhos pelo texto. As fontes eram realmente grandes. Ele conseguiria ler com facilidade, e essa constatação o deixou feliz.

— Hum, o que diz aqui...

Embora sua intenção fosse apenas folhear o livro, ele se pegou lendo em voz alta.

— "Tive o seguinte sonho: estava sentado ao lado do travesseiro e a minha esposa disse em voz fraca que estava morrendo".

É um jeito meio sombrio de começar uma história. E pode até ser um texto bonito, mas é meio formal e difícil de ler. É por isso que nunca fui de pegar romances para ler. Mas Yuriko sempre tinha um nas mãos.

— "A mulher estava com o cabelo estirado sobre o travesseiro, no qual deitava o rosto..." Hein? O que é isso?

Shingo não conseguiu decifrar a palavra seguinte. Havia anotações ao lado dos ideogramas indicando a pronúncia, mas eram pequenas demais para seus olhos. Ele teve que afastar o rosto das páginas para conseguir distinguir as letras.

De formato ova... ah, é... ovalado, de contornos suaves.

Como é um rosto ovalado?, perguntou-se. E o rosto da mulher de contornos suaves, que ele se esforçara para imaginar com base no texto, deu lugar ao rosto da esposa. *Será que essa é uma memória minha? Ou é algo que esse texto evocou? Mas, se essa minha memória é verdadeira, será que eu vi Yuriko morrer mesmo?*

Ah, Yuriko. Eu queria me lembrar das palavras de Yuriko... da promessa que lhe fiz. Era uma promessa importante que eu não deveria esquecer, não era? Por que não consigo nem ao menos me lembrar disso? O que Yuriko disse quando eu a pedi em casamento? Que tipo de promessa fize...

Miau.

Shingo ergueu o rosto com a impressão de ter ouvido algo e acabou deslumbrado com a visão à sua frente.

No local onde estava a florada das cerejeiras *kawazu* de cor-de-rosa intenso havia agora uma cerejeira de ramos pendentes. Era uma árvore muito excêntrica. Suas flores eram de todos os tons possíveis entre o branco e o vermelho.

Ao fundo, havia uma construção de dois andares com paredes de madeira. No topo do telhado verde, um cata-vento de bronze em forma de galo emitia um canto silencioso aos céus. Isso não existia nas dependências da casa de repouso, mas Shingo tinha a impressão de que não era a primeira vez que o via. E achava que havia visto recentemente. Recordava-se também de ter pensado que aquilo não existia ali quando vira. Mas ele não se lembrava de quando foi isso.

Sem se dar conta, Shingo havia se levantado. Seus membros se moviam tão facilmente que ele mal notou que estava em pé. O desconforto em seu lado direito, que não o deixava desde que sofrera o derrame, era inexistente. Shingo caminhou até a entrada do prédio como se estivesse sendo chamado e abriu a porta com cuidado. Ouvia-se um fraco som de música clássica vindo de dentro, acompanhado de um elegante aroma de café.

Temeroso, ele pôs a cabeça para dentro, e então o corpo. Então, encontrou bem à frente uma garota usando um vestido jardineira vinho. Ela abria um livro com uma das mãos e estendia o outro braço exageradamente, entoando palavras como se estivesse ensaiando para uma peça de teatro.

— "Enterre-me quando eu morrer. Cave o buraco com uma grande concha de pérola. Decore meu túmulo com os pedaços de estrela que caem dos céus. E fique esperando perto do túmulo. Virei encontrá-lo novamente."

Então, a garota fechou o livro habilmente com apenas uma das mãos e, com um sorriso de orelha a orelha, olhou para Shingo.

— Seja bem-vindo, sr. Shingo Kikukawa. Por aqui, por favor.

A mesa que lhe foi indicada tinha uma placa de RESERVADO. Quando parou para olhar em volta, notou galhos com flores de cerejeira posicionados aqui e ali, dando cor ao interior do estabelecimento. Deviam ser os ramos da árvore da frente. As cores eram bastante variadas. Mas havia uma quantidade bem maior de estantes do que de galhos de cerejeira. Ao longo das paredes, sobre as mesas e até no balcão viam-se livros. Era difícil dizer, só olhando, se o lugar era uma cafeteria ou uma livraria.

Shingo percebeu que ainda estava segurando a edição de fonte grande de *Sonhos de dez noites*. Pelo visto era exatamente o mesmo que a garota tinha em mãos. A garota observou com alegria a reação de Shingo, que corria o olhar rapidamente de um livro para outro para conferir se eram iguais.

— Como você pode ver, foi esse livro que abriu o caminho. Por favor, sente-se e aproveite esta oportunidade criada pelo destino.

Shingo fez o que lhe foi instruído. A garota posicionou o guardanapo e o porta-copos na frente dele, cerrou o punho de leve na frente do rosto e soltou seu *hum-hum*.

— Acredito que já saiba, mas a palavra sonho é geralmente usada em dois sentidos. O primeiro é algo que desejamos muito. E o outro é um espaço imaginário, de certa forma caótico, criados para nós mesmos, que surge apenas durante o nosso sono. Acho muito interessante que muitas línguas ao redor do mundo, inclusive o japonês e o português, usem a mesma palavra para esses dois sentidos, mas Sōseki, no livro que temos em mãos, usou "sonho" no sentido daquilo que experienciamos durante o sono.

Então, a garota se empertigou e levantou um dedo num gesto pomposo.

— Dessa forma, acabo pensando no seguinte: Será que o que sonhamos durante o sono é realmente restrito a uma única pessoa? Talvez nós nos tornemos tão vulneráveis enquanto estamos dormindo que acabamos nos afastando do nosso corpo e nos conectando a algum mundo diferente. Sinto que a resposta a esta pergunta pode também ter algo a ver comigo, com a minha gata e com esta loja.

Sem compreender o que ela dizia, Shingo apenas fitou seus rosto.

— Deixando isso de lado, Sōseki escreveu o *Sonhos de dez noites* aos 41 anos. O texto é extremamente fluido e seu estilo é bastante refinado. Poderíamos até dizer que ele havia atingido o ápice da maturidade nessa época.

A garota não parava de falar. A certa altura, Shingo já tinha até se esquecido de estranhar como havia chegado até ali e por que estava sentado na frente dela.

— De acordo com um escritor, velho conhecido meu, estudar Sōseki a fundo e dar uma lida ocasional nas obras de Naoya Shiga já é o suficiente se quiser escrever textos belos em japonês. E, segundo ele, há uma razão para Sōseki ser considerado especial entre os escritores japoneses. Durante o período de mudanças da Restauração Meiji, este país foi forçado a partir em busca de sua própria identidade. Essas mudanças também estavam acontecendo na mente de Sōseki. E ele foi o primeiro a batalhar para representá-las em forma de texto. Portanto, em certo sentido, pode-se dizer que a descrição psicológica em japonês se desenvolveu a partir do exemplo de Sōseki. E o fato de uma das principais obras dele ser intitulada *Coração* ultrapassa o emocionante e chega a ser visto quase como um milagre por aqueles que gostam de literatura.

Shingo direcionou um olhar intrigado à garota. *Ela fala bastante. A expressão "falar pelos cotovelos" deve ter sido feita para garotas como ela.* Mas, no momento em que isso passou pela mente de Shingo, a garota semicerrou os olhos e falou:

— Ah, o senhor está pensando alguma coisa rude, não está?

Como você sabe? Shingo encarou a garota, que continuava com o mesmo sorriso no rosto, desmedidamente alegre.

— As palavras já existem quando são concebidas. Só não têm forma. Tem um segredinho para conseguir senti-las, mas eu já sou bem experiente nisso, sabe?

Então, a garota mais uma vez levou o punho à boca e soltou um único *hum-hum*.

— Bom, acho que vou encerrar o discurso introdutório por aqui... Vem, Kobako, é a sua vez.

Uma bola de pelos pulou na mesa como se a garota tivesse dado um sinal. Era uma gata tricolor de pelos bastante longos e meneios um tanto requintados. A gata movia os membros com destreza, esquivando-se do porta-copos e do guardanapo, definindo a posição onde se sentaria. Ao se acomodar, ela deu um miado mais longo.

— Nós o convidamos hoje porque queríamos que o senhor pudesse verificar por si mesmo as palavras que está procurando. Talvez o senhor sinta um pouco de vertigem, mas não se preocupe.

Antes mesmo de a garota terminar de falar, Shingo perdeu o equilíbrio a ponto de sentir que estava de ponta-cabeça. *Um pouco, é?*, protestou consigo mesmo. Mas, no momento seguinte, Shingo apenas engolia em seco. Yuriko estava diante dele. Ele ainda era muito jovem, quase com a idade de Mai, que vira momentos antes.

O ambiente estava preenchido por fumaça de cigarro. Havia um cartaz estilo art déco na parede de madeira. Uma garota de rabo de cavalo dançava nos braços de um jovem usando gravata-borboleta e colete. Era uma música de Nat King Cole. E Shingo percebeu que os dois também eram um dos casais mais entusiasmados na pista.

Isso é um sonho? Se for, há quanto tempo estou sonhando? Talvez tenha começado quando me colocaram numa cadeira de rodas e me levaram para o jardim? Ou será que foi quando aquelas duas disseram ser minha filha e minha neta? Com certeza não pode ter sido antes disso.

Ou será que essas são as memórias que vemos antes de morrer? Se for isso, será que algo está tentando me dizer que foi neste momento que minha vida começou de verdade?

Pela primeira vez em muito tempo, a mente de Shingo estava funcionando a toda, tentando entender o que estava acontecendo. Enquanto isso, o seu eu do passado olhava fixamente nos olhos de Yuriko e a pedia em casamento.

— Quero me casar com você.

Depois de responder que sim, Yuriko encostou o rosto no peito dele. O calor que vinha dela aquecia o coração de Shingo e quase o fez esquecer de tudo.

Ele nem soube quanto tempo ficaram assim. Quando percebeu, a música havia mudado, e Cole cantava "Unforgettable".

Por fim, a esposa levantou o rosto e olhou para ele.

— Mas quero que me prometa uma única coisa. — Yuriko, no entanto, corou ao dizer: — É meio constrangedor. Jura que não ri?

— Você pode me falar qualquer coisa.

Shingo não soube se era o eu do passado ou o eu do presente que respondia. Mal sabia onde estava. O peso do corpo dela em seus braços e o calor do rosto tocando seu peito era vívido demais para ser um sonho. Yuriko continuou:

— Sabe, meu nome, Yuriko, se escreve com o caractere de "cem" e de "encontrar". E eu li uma vez que isso pode ser interpretado como a possibilidade de podermos nos encontrar novamente, mesmo depois de cem anos.

— Hum.

— Claro que ninguém consegue chegar a cem anos sozinho. Mas nós somos dois. Se cada um de nós contar cinquenta, juntos podemos viver lado a lado por cem anos. Então, por favor, me promete que estaremos juntos pelos próximos cem anos? E que vamos comemorar nossas bodas de ouro dançando, exatamente como estamos fazendo agora. Promete?

É, foi isso que minha esposa disse naquele instante. Jurei que nunca me esqueceria. Por que não conseguia me lembrar de uma promessa tão importante? Ao pensar nisso, Shingo se sentiu acuado diante dos olhos da esposa que o encarava. Foi nessa hora. A mesma distorção que houve no início ocorreu novamente e, quando percebeu, Shingo voltou para o estabelecimento peculiar que parecia ser uma livraria. A garota de vestido vinho inclinava a cabeça de leve para o lado com as mãos para trás. Havia um sorriso em seu rosto, como se quisesse dizer que a travessura que aprontara dera certo.

— Mas você precisa de outra pessoa para cumprir a promessa, não é mesmo?

Ela falou como se perguntasse a Shingo, que apenas assentiu.

— Por isso, na verdade, sua companheira já está aqui faz muito tempo, esperando por você. Para ser precisa, desde que li *Sonhos de dez noites* em voz alta outra hora. Se bem que é como se o tempo não passasse aqui, então foi há muito tempo, mas se eu disser que ela acabou de chegar também não vou estar mentindo.

Então, a garota colocou a palma da mão esquerda na frente do rosto.

— Esse tipo de coisa não acontece muito, na verdade. Bom, vou deixar o restante com a sua esposa. E não podemos tocar Nat King Cole aqui, mas tudo bem, dá para dançar ao som dessa música também. Aproveite seu momento dançando com sua esposa durante o tempo que desejar. Ah, mas acho que durante cem anos já seria demais. De qualquer forma, o Kobako dá um jeito, se for necessário. Fique tranquilo.

Enquanto a garota falava essas coisas aleatórias, um vulto se levantou dos fundos do local e caminhou em direção a Shingo. À medida que o vulto se aproximava, seus contornos se revelavam. E, no final, ela tomou a imagem mais recente da esposa, que Shingo estava acostumado a ver até cinco anos antes. Tinha os cabelos completamente grisalhos. Era uma senhora que fazia um belo par com o Shingo atual.

— Há quanto tempo, querido.

— Ah... É mesmo. E eu procurei tanto por você.

A esposa riu brevemente das palavras dele. O sorriso dela era igual ao da neta, Mai.

— Mas eu sempre estive acompanhando de perto. Não só você, como a Sanae e a Mai também. Sempre estive vendo vocês.

Então, ela olhou para baixo.

— No final, eu não consegui cumprir a promessa, não é mesmo? Fiquei tão, tão chateada. E, quando percebi, havia sido convidada para vir aqui. Estava esperando por você.

Ah. O próximo aniversário de casamento era o quinquagésimo, então? Eles se casaram oficialmente em abril. Foram entregar o registro de casamento no cartório em meio à chuva de pétalas de cerejeira. A cerimônia foi um pouco mais tarde, mas comemoravam o aniversário naquele dia. Com uma expressão acanhada, Yuriko estava com as maçãs do rosto tingidas da mesma cor das pétalas. Aquela coloração ressurgiu com vivacidade na mente de Shingo.

Uma valsa tocava na loja. Shingo pegou a mão de Yuriko com a mão direita e passou a esquerda pela cintura dela. Assim, moveram o corpo lentamente. Era uma sensação bem diferente daquela que tinha ao dançar quando era jovem, mas o toque das mãos de sua esposa era real, e isso já bastava. À medida que dançavam, passaram a enxergar, um no outro, o dia em haviam dançado daquela forma pela primeira vez.

* * *

A garota, sentada em uma cadeira ao lado de Kobako, estava com a cabeça apoiada na mão, balançando-a no ritmo da música.

— Nessas horas a gente não tem muito o que fazer, né?

Kobako exalou ar pelo nariz e fechou os olhos.

— Ah, falando nisso, não aparecem gatos em *Sonhos de dez noites*. O que era que aparecia? Peixinho dourado e porco? Porque o canto do galo era na verdade a deusa Amanojaku imitando um, não era? Mas não dá para reclamar, o Sōseki escreveu bastante sobre um gato bem no início da carreira.

Na estante que a garota observava estava uma edição de *Eu sou um gato*, também em letras grandes. A jovem estendeu o braço, puxou o livro e o trouxe até si, para então mais uma vez voltar o olhar para os dois dançando no centro do lugar.

— Ah, esse clima chega a dar inveja.

Ela deu um suspiro pesado, longo. Primeiro, a gata reagiu abrindo um dos olhos com relutância. Em seguida, se levantou com uma expressão resignada e ergueu a pata direita para a garota, como em uma saudação.

— Hein, o que foi? Vai fazer isso por mim? Que raro.

Ela moveu a mão esquerda, na qual estava apoiando o rosto, e tocou com os dedos indicador e médio as almofadinhas da pata da gata. Era como se estivessem dando um "toca aqui". Em seguida, a gata levantou a outra pata, e a garota imitou o animal. Assim, a gata e a garota faziam movimentos para a direita e para a esquerda que remetiam a um jogo de mão, seguindo o ritmo de "Bolero".

— Opa, opa. Muito bem. Agora para cá. Mais uma.

A garota foi aos poucos subindo as mãos, e a gata foi forçada a se levantar nas patas traseiras.

— Ah, que demais. Não sabia que você conseguia fazer isso, Kobako.

No entanto, quando a gata estava prestes a esticar os joelhos por completo, ela se virou de repente, como se estivesse entediada. Então, deu dois ou três passos e sentou-se no mesmo lugar de antes.

— Já acabou? Que pena.

A gata estava completamente focada em lamber as patas dianteiras. Podia se dizer que estava absorta naquilo. Desistindo, a garota voltou os olhos para Shingo e Yuriko, que seguiam dançando no centro da livraria.

* * *

— Não lembro quando foi, mas uma vez você me disse que havia lindas cerejeiras montanhesas bem em frente a uma estação na serra. A gente até falou que queria ir ver juntos, quem sabe até levar a Sanae e a Mai, mas o tempo passou, a linha foi desativada e eu tive aquele ataque.

Chegamos a falar essas coisas? É, acho que falamos. Mas quando foi que falamos?

No momento em que Shingo procurava as palavras para responder, a sensação de Yuriko em seus braços de repente se tornou vaga. Ele ainda estava desorientado, e a imagem de Yuriko gradualmente voltava a ser o vulto que ele vira de início. Ele tentou chamar pela esposa, mas a voz não saiu. Quando percebeu, Shingo estava em pé e sozinho no meio da sala. Somente a música clássica mantinha o mesmo ritmo de valsa, sem alterações.

— Então, deu para lembrar muita coisa?

Ao se virar, encontrou a garota com os braços para trás. Shingo assentiu em silêncio.

— Se for o caso, acho que está na hora de o senhor voltar para o lugar de onde veio. Não, não precisa pagar. Escolhemos convidá-lo para vir aqui por capricho dela, Kobako, e o portal que se abriu porque o livro nos conectou. Em suma, foi uma combinação de várias coincidências.

A garota se curvou com respeito para Shingo.

— O nome do nosso estabelecimento é Sakura. Espero que você se lembre disso algum dia. Mas...

A garota juntou os dedos na frente do rosto. Seu olhar ficou mais sério.

— Mas, se não conseguir lembrar, não tem problema. E talvez seja meio intrometido de minha parte dizer isso, mas, sr. Kikukawa, acho que não precisa ter tanto medo de esquecer as coisas. O fato de que memórias e palavras foram geradas nunca desaparece. Por isso, mesmo que o senhor se esqueça de si completamente, não vai, de modo algum, significar que o senhor nunca existiu. Mesmo em lugares onde ninguém ouve, as grandes árvores emitem som ao cair.

Por fim, a garota sorriu como no começo e encerrou:

— Ainda é bem frio durante a manhã e a noite nessa época do ano. Tome cuidado para não pegar um resfriado.

Foi quando ele teve a impressão de ter ouvido o som de um livro se fechando, vindo de algum lugar.

Quando se deu por si, Shingo estava sentado na mesma cadeira de rodas em frente à cerejeira *kawazu* no jardim da casa de repouso. O livro estava aberto sobre seu colo. A posição do dedo indicador que usava para acompanhar o texto também quase não havia mudado. Ele primeiro ficou atônito, e então olhou ao redor depressa. Não havia vestígios nem da construção nem daquela cerejeira de ramos pendentes peculiar.

Será que havia adormecido? Mas não estava com um pingo de sono. Ao virar a cabeça, sentiu que havia algo em seu ombro. Era um xale feminino. De fato, os raios de sol já estavam bem fracos por ser final de tarde. O vento também estava frio.

— Ah, vovô, você acordou.

Uma voz veio de trás, e ele viu que a neta estava logo ali.

— Ah, Mai. Perdão, acabei pegando no sono.

Mai pareceu ter sido pega de surpresa, mas a expressão dela logo foi tomada pela alegria.

— Ah, você me reconhece?

— Reconheço, sim.

A mente de Shingo estava bem menos enevoada do que antes de ir àquele lugar. Ele sentia a concretude de conseguir se lembrar do que importava. Mai, que era tão pequena, agora já estava crescida. Estava até mais alta do que ele. É, ele se lembrava. Tudo fazia sentido.

Mas Shingo sabia que isso não duraria muito. Mesmo assim, por algum motivo, não estava aflito.

— Hum. Sinto como se eu não visse você há muito tempo, mas, na verdade, não deve fazer tanto tempo assim.

— É. Dou pelo menos um oi, todos os dias, porque nos vemos no refeitório. Aí, tem hora que você acena com a cabeça, e outras que você vira a cara.

— Ah... Desculpa.

— Não precisa se desculpar.

A neta sorriu. Era o sorriso de sempre, que iluminava tudo ao redor. Shingo perguntou onde estava Sanae, e a garota respondeu que a mãe havia ido embora porque já era hora.

— Eu me encontrei com a sua avó agora há pouco.

— Ah, então é hora de eu brincar dizendo que cem anos já se passaram? — indagou a neta, apontando para o livro no colo do avô.

— Fiz essa piada com ela também.

— Hum?

— Nada não.

Shingo semicerrou os olhos e encarou as flores da cerejeira *kawazu* à frente.

— Ah, Mai, como você cresceu. Bom, deve ser melhor dizer que você conquistou muitas coisas.

Então, ele hesitou por um momento, mas resolveu dizer exatamente o que lhe veio à mente.

— Isso de você sempre sorrir, não é qualquer um que consegue. Você faz isso para tentar animar a mim e aos outros idosos, não é? É incrível você conseguir estar sempre de alto-astral e contagiar as pessoas ao redor.

— Você acha? Mas só estou fazendo o que a vovó fazia.

— É mesmo?

— Você pode não ter consciência disso, vovô, mas lembra que a sua prioridade sempre foi o trabalho, não importando onde estivesse? Tudo o que você dizia era que "amanhã é o turno a partir de tal hora, então eu tenho que me levantar tal hora, escovar os dentes em tantos minutos e me deitar até tal hora". Na verdade, a vovó às vezes reclamava. Algo como: "Ai, isso não é só com o trem. Ele segue o cronograma pontualmente em tudo na vida". Sempre sorrindo, claro.

O sorriso despreocupado da neta se uniu à lembrança da esposa. Shingo então deixou as palavras saírem de seus lábios.

— Mai, tem um lugar que quero ir, você pode me levar até lá? Enquanto as cerejeiras ainda estão em flor. Se der, junto com a Sanae.

— Claro. É uma estação no meio das montanhas de algum lugar, não é? Por onde você conduzia o trem. Não é aquela em que as flores de cerejeira da montanha são lindas?

— Como você sabe?

— Porque sou sua neta. — Ela olhou para baixo. — Quando fui visitar a vovó antes de ela falecer, ela deixou escapar, ainda sorrindo, mas meio tristonha: "Ah, acabou que não fomos lá ver". Por isso, eu pesquisei um pouco.

A neta recompôs o sorriso.

— Pelo que li, chegar até lá tinha ficado bem difícil depois de desativarem a linha do trem. Foi mais ou menos na época em que a vovó estava querendo ir. Só que agora o trecho ao redor da estação daquela linha onde você trabalhou é mantido como um passeio público. Ali ficou famoso pelas cerejeiras das montanhas um tempo, não foi? Hoje em dia, o lugar recuperou popularidade como uma "antiga estação secreta perfeita para fotos".

Ah. É isso. Agora é a minha vez de cumprir a promessa. Porque Yuriko veio até mim para dançarmos.

— Então a gente vai lá de carro na minha próxima folga. Vou deixar pronta uma solicitação de saída também.

Ao ouvir a voz alegre de Mai, Shingo sorriu, discreto.

* * *

Poucos dias depois, Shingo saiu para um passeio de um dia com Sanae, Mai e o marido dela, que dirigiu. Como Mai havia dito, parques e pequenos restaurantes foram construídos somente naquele trecho próximo à estação da linha que foi desativada, fazendo o local renascer como um ponto turístico moderno. O edifício da estação havia sido convertido em um café, e a plataforma agora tinha mesas ao ar livre. Era perfeito para admirar o pequeno bosque de cerejeiras da montanha. Moças ainda mais jovens que Mai tiravam fotos com os celulares apontados para si mesmas, sem parar.

A memória de Shingo, que parecia ter melhorado um pouco depois da experiência naquele lugar misterioso, aos poucos voltou ao estado original enevoado. Só aumentavam as vezes que ele não reconhecia Mai no balcão de comida e se lembrava só depois de se sentar. Também houve vezes que ele nem percebeu que não a reconhecera e apenas terminou a refeição. Ainda assim, ele já não se sentia tão ansioso como antes.

Shingo chegou a passear um pouco pela rua, com Mai e o marido revezando para empurrar a cadeira de rodas. Os dormentes antigos dos trilhos estavam agora abertos por um asfalto maleável. A largura da via, suficiente para a passagem de um cadeirante, se mostrou estreita quando outro se aproximou no sentido oposto. Foi a vez de Mai brilhar. De cara fechada, o outro visitante acabou sorrindo sem jeito ao ouvir os comentários alegres e despreocupados da neta de Shingo.

Ainda assim, ao ver o mato alto e o bosque que envolvia os arredores logo que a área pavimentada acabava, Shingo sentiu um grande desalento. Era improvável que um trem passasse por ali novamente, e foi como se esse pensamento esfregasse na cara dele a constatação de que uma era havia terminado. *Será que meus ex-colegas também viram esse cenário? Se viram, como será que se sentiram?*

Pela rua, era possível ir até a plataforma do lado oposto, logo abaixo das cerejeiras da montanha. A neta e o marido empurraram juntos a cadeira de rodas para subir a rampa, que tinha uma inclinação leve. Terminando de subir, encontraram um local reformado com uma aparência mais moderna, como a do outro lado. Uma chuva de pétalas caía ali.

— Cem anos já haviam se passado...

Os lábios de Shingo se moveram sozinhos, entoando essas palavras. Ele não sabia por que se lembrou disso naquele momento, ou de onde aquela frase vinha.

"Não precisa ter tanto medo de esquecer as coisas."

Era incerta a memória de quem havia lhe dito isso. Shingo só se lembrava da cor vinho. E de uma gata que mais parecia uma bola de pelos...

Sanae, Mai e o marido não pareciam ter notado o comentário de Shingo. Estavam empolgados com o ápice da florada, com suas pétalas brancas que caíam como neve. *Que neta amorosa. Ela se importa tanto com a família. Uma garota tão boa, sempre dedicada a fazer as pessoas ao redor se sentirem alegres.* De repente, Mai arregalou os olhos. Entusiasmada, ela pegou a mão do marido e a levou até a barriga. Sanae esfregou as mãos, extasiada.

Yuriko, nossa filha e neta cresceram e agora são pessoas dignas de respeito.

Nesse instante, a brisa que chegou até os ouvidos dele tomou a forma de palavras.

Finalmente vocês vieram, todos juntos.

O calor dessas palavras sem som, vindas não se sabia de onde, penetraram o peito de Shingo lentamente. As pálpebras dele começaram a se juntar. Era difícil impedir o movimento.

— Ah, vovô? Tá dormindo?

Ele ouviu a voz da neta e suspirou, em silêncio.

— Deve estar tendo um bom sonho. Está sorrindo.

Era a voz da filha dele.

— É mesmo. Faz tempo que eu não o vejo assim.

A conversa das duas parecia cada vez mais distante. Com o peito invadido pela saudade, ele entreabriu os olhos com esforço. Uma única pétala branca atravessou o estreito campo de visão embaçado de um lado a outro e desapareceu.

O SEGREDO DO NOME

DEPOIS DE SE DESPEDIR do ex-maquinista, a garota devolveu *Sonhos de dez noites* ao seu devido lugar e pegou o exemplar de *Eu sou um gato*, que estava logo ao lado. Como de costume, ela simulou um pigarro antes de abrir o livro.

— "Eu sou um gato. Nome, por ora, aguardo por um..."

A garota parou de falar como se tivesse lembrado de algo importante e se virou para a gata com uma rara expressão de descontentamento.

— Ai, Kobako, quer ouvir um segredo? Tenho muita vergonha de dizer. Claro que você quer ouvir, não é?

A gata manteve a posição de pão de forma de sempre, mas entreabriu, ou melhor, abriu um pouco mais um dos olhos e tremeu o bigode uma única vez. Ela demonstrava algum interesse.

— Quando eu ouvi esse trecho pela primeira vez, eu achei que o nome do gato fosse "Porora".

A gata reagiu com um pequeno bocejo, como se dissesse: *Ah, era só isso?*

— Acho que é porque na primeira vez eu estava apenas ouvindo. Tenho certeza de que era o meu pai que lia para mim. A entonação dele devia ser meio diferente. — Ignorada, a garota ficou emburrada. — Até porque, no texto original, "por ora" está em ideogramas. Se eu tivesse lido o texto escrito, acho que não teria me confundido assim. Ah, e tinha o fator da idade também. Foi antes de começar o fundamental. O meu pai não chegou a pensar sobre essas coisas. Mesmo que Sōseki seja um bom escritor, acho que é melhor começar pelo menos com *Botchan*, se for para ler para uma criança de idade pré-escolar. Você não acha?

A gata não reagiu. Então, a garota pôs *Eu sou um gato* na estante novamente, pôs os braços para trás e começou a andar pela loja.

— Já que falei tudo isso, vou dizer o resto. Quando nos encontramos, o primeiro nome que me veio à mente, na verdade, foi "Porora".

A gata deu um pulo, como se tivessem jogado nela um balde de água fria. Os pelos das costas estavam todos em pé.

— E então? Você acha que teria sido melhor se seu nome fosse "Porora"?

Quando a garota fez a pergunta, a gata bateu na mesa o rabo todo eriçado. Estava claramente de mau humor, quase em posição de ataque.

— Ah, desculpa... Você ficou brava, é? Não gostou do nome, foi?

A garota, no entanto, pareceu não se importar. Foi até outra estante e começou a mover o dedo por ali, iniciando a busca pelo próximo livro.

— Quando a gente se encontrou pela primeira vez, você saiu da posição de pão de forma e ficou desse mesmo jeito de agora, logo que eu falei com você, lembra? Ainda era desse tamaninho naquela época, mas tentou me intimidar como uma gata adulta.

A garota se virou e mostrou o espaço entre o dedo indicador e polegar, completamente estendidos, para indicar o tamanho. A distância era de, no máximo, dez centímetros. A gata fungou brevemente, como se dizendo: "Eu não era tão pequena assim". Parecia já ter se recomposto. Dobrou as patas dianteiras e traseiras embaixo do corpo e voltou à posição de pão de forma.

— "Da parte cinza de meu coração/ trepadeiras-chocolate crescem até as nuvens..."

Da boca da garota saíam palavras que eram quase um solilóquio. Parecia em transe e talvez nem tivesse percebido que falava em voz alta.

— "Bosques de rosas selvagens e pântanos/ tudo é coberto por perversidade..."

As flores na cafeteria começaram a dançar novamente. Então, a gata miou assim que a ponta do dedo da garota passou por cima de um livro.

— Certo, o próximo é esse?

Kobako deu mais um miado, um pouco mais longo. Soava até como se estivesse pedindo algo.

— Mas esse, na verdade, é meio longo, viu? Que parte você quer? A parte que os irmãos vão juntos para o céu?

Ou a parte dos corais da sereia? Ou então a cena dos indígenas?

A garota andou até a gata e se agachou. A felina encarou a jovem de olhos arregalados. Em seguida, ouviu-se uma sequência de *humm*, vindo da própria garota e não da gata tricolor.

— Entendi. Agora vamos receber duas pessoas. Elas vêm juntas? Isso é meio raro. Diferente do casal de agora há pouco, também. Hum, hum. Certo.

A garota se levantou segurando o livro com zelo e o abriu. Ela deu o falso pigarro de sempre e iniciou a leitura em voz alta, com uma voz bem grave:

— "Estamos na rocha, que está quase coberta! A água está subindo e logo vai tomar tudo..."

O ritmo marcado de "Bolero" ressoava junto à voz da jovem, firme como o tique-taque de um relógio.

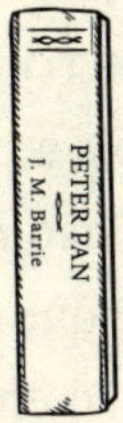

TRÊS

Se você é alegre, inocente e desalmado

Quando bateu no quarto da irmã mais velha, ouviu um breve "oi", e logo depois a porta foi aberta. O carpete do cômodo era azul-claro, não muito feminino, mas o que mais chamava a atenção era que o lugar estava praticamente vazio, com caixas de papelão empilhadas no canto.

— Ah, desculpa, você estava ocupada? Dá trabalho se preparar para uma mudança, não é?

A irmã, que usava moletom, tocou o aro do óculos preto e balançou a cabeça.

— Não tanto quanto eu pensava.

Mentirosa, Kaho praguejou em silêncio. Sua irmã costumava levar a mão aos óculos quando dizia o contrário do que pensava. Será que ela achava que Kaho não percebera o gesto? Ou será que nem sabia que tinha esse hábito? *Ah, tanto faz*. Mais uma vez, Kaho guardou seus pensamentos para si e foi direto ao que interessava.

— Shiho, você tem planos para amanhã?

— Nada em especial.

Essa resposta era tão seca quanto a anterior, mas pelo menos a irmã não tocou nos óculos.

— Falaram que as cerejeiras do caminho para a escola estão no ápice da floração. A Chi me mandou mensagem falando delas. Que tal se formos lá ver?

— Ir lá ver? Juntas?

— É. A gente passou por ali durante seis anos, mas não chegamos a ver as cerejeiras em flor, não acha?

— Ah, é que a época delas é durante o recesso de primavera. A gente não passa por lá quando não vai para a escola.

— É, então. Por isso achei que seria legal a gente dar um pulo lá.

— Tá. Pode ser.

As duas ficaram em silêncio. *Será que eu não mereço algum crédito por ter reunido coragem para te chamar?*, pensou Kaho. Então ela se viu dizendo algo que nem ela mesma esperava.

— E aí, não vai falar *nada*?

— Como assim?

— É que...

Kaho parou no meio da frase, envergonhada demais para dizer em voz alta as palavras que lhe vieram à mente. Ao mesmo tempo, sabia que aquela talvez fosse sua única chance de pronunciá-las.

— É que vamos morar separadas pela primeira vez na vida a partir de abril, né? Estamos juntas desde antes de nascermos. Você não sente... nada? Pelo menos um pouco de nervosismo, saudade, sei lá?

— Ah... — A irmã voltou a tocar os óculos. — Acho que tenho que ser grata porque o flan e o sorvete que eu comprar não vão mais desaparecer da geladeira antes mesmo de eu perceber — completou.

— Igualmente.

— Não vou negar, mas não devem ter sido poucas as vezes em que a culpada foi a Taezinha.

Taezinha é o apelido delas para a mãe. Em algum momento, as duas pararam de chamá-la de "mãe" ou "mamãe". Se houve algum motivo que as levou a fazer isso, Kaho já não se lembrava, mas tinha quase certeza de que fora ideia de Shiho. Pelo menos, segundo a mãe, foi Shiho quem a chamou assim de repente, num dia qualquer. Quando isso foi comentado com ela, Shiho apenas deu de ombros e, com um "Foi mesmo?", deixou o assunto morrer ali. Kaho seguiu o exemplo da irmã, sem pensar muito no assunto.

— Tudo bem — disse ela. Então, levantando a mão, continuou: — Vamos amanhã, então. Não esquece.

— Tá certo. Boa noite.

— Boa noite.

Assim que Kaho se virou, a irmã fechou a porta do quarto com delicadeza.

* * *

No passado, Kaho costumava pensar que Shiho e ela eram uma só. Segundo a mãe delas, mesmo depois de terem idade suficiente para compreender o mundo ao redor, havia momentos em que ela duvidava se as meninas realmente entendiam que eram duas pessoas distintas.

Por exemplo, houve vezes em que Shiho terminava a refeição em um piscar de olhos e Kaho dizia que estava cheia e parava de comer. Ou quando Kaho caiu e ralou o joelho e Shiho começou a chorar, dizendo que o mesmo lugar estava doendo. Houve até vezes em que, se uma machucasse o joelho direito, surgia um vergão inexplicável também no joelho direito daquela que não havia se machucado.

Ainda assim, a mãe não via nada de estranho naquilo. Talvez porque era uma pessoa tranquila e despreocupada, ou, numa descrição mais maldosa, bobinha até dizer chega. Ou talvez fosse porque era mãe de primeira viagem, encarando as peculiaridades das filhas como coisas de irmãs gêmeas. Nem mesmo o pai se preocupou muito, achando que uma delas tinha se arranhado porque queria imitar a outra. Ainda assim, os pais sempre fizeram questão de tratar as duas de forma igual.

Foi provavelmente no teatrinho do último ano do jardim de infância que esse equilíbrio foi quebrado. Shiho foi escolhida para ser Wendy, e Kaho, Sininho. No início da trama havia até uma cena em que Wendy e Sininho — isto é, Shiho e Kaho — brigavam pela atenção de Peter Pan.

No início, Kaho estava toda empolgada, porque ficou com o papel de "fada" e teria asinhas transparentes no figurino. Devia até ter achado que poderia voar vestindo aquela fantasia. O traje de Wendy, por outro lado, era um vestido simples de uma cor sem graça. Para falar a verdade, Kaho sentiu um pouco de pena da irmã.

Ainda assim, quanto mais entendia a peça, mais Kaho ficava com inveja de Shiho. Embora tivesse um apelido carinhoso, Sininho não passava de uma companheira leal para Peter Pan, alguém que sempre estaria lá por ele e que não ganhava atenção. Por Wendy ele tinha verdadeiro carinho e, por isso, era ela quem recebia sua atenção especial. Kaho também assistiu ao filme da Disney na época, apenas para descobrir que Sininho nem tinha muitas falas.

Os ensaios para a peça ocorreram somente durante algumas horas enquanto as duas estavam na pré-escola, por no máximo um mês. Durante esse curto período, porém, Kaho acabou vivenciando sentimentos que iam além de gostar ou não de algo. Sentiu superioridade, ciúmes e coisas do tipo, comparando-se à irmã mais velha.

Kaho nunca conseguiu se esquecer dessa peça por conta do Shoma Hiiragi, o garoto que fez o papel de Peter Pan, e ela tinha certeza de que a irmã se sentia da mesma forma.

* * *

O dia seguinte foi tranquilo e ensolarado, como devia ser um dia de primavera. Era o último domingo de março. Naquela semana, sua irmã sairia de casa para morar sozinha em Tóquio. Quando passou no vestibular para a faculdade de medicina na capital, o pai tirou uma folga no trabalho para ajudá-la a procurar um apartamento próximo à faculdade. Kaho ainda não conhecia esse "novo lar" da irmã, mas Shiho comentara que o prédio tinha uma segurança super-rígida, exatamente como o pai delas queria. Enquanto isso, Kaho frequentaria uma faculdade perto de casa, simplesmente porque fora a única em que conseguira entrar. O que, aliás, já era esperado, considerando que nunca levou os estudos a sério depois da admissão no fundamental II.

Não era como se elas tivessem ido e voltado da escola juntas todos os dias, mas aquela talvez fosse a última vez que percorreriam aquele caminho lado a lado. Na noite anterior, Kaho chegou a pensar no que vestiria no passeio com a irmã e acabou rindo de si mesma. Não estava indo a um encontro. No final, decidiu-se por uma saia e um cardigã verde-musgo com uma camisa de malha branca. E uma jaqueta leve, por via das dúvidas.

No café da manhã, decidiram sair às nove e meia. Quando Shiho apareceu, Kaho ficou boquiaberta ao ver a roupa da irmã.

— Por que você está de uniforme?

— Já guardei quase todas as minhas roupas na mala.

— Mas por que ainda não empacotou o uniforme?

— Ora, eu nunca vou usar *isso* na faculdade, né?

Shiho tinha razão.

— Se você não gostou — disse ela —, posso pedir emprestada uma roupa de sair da Taezinha. Vai dar um pouco de trabalho me trocar, então você teria que esperar. Mas ainda está cedo, então tudo bem por mim.

— Não precisa.

A mãe surgiu dos fundos da casa, mesmo não tendo sido chamada. Ela usava um vestido preto com um enorme lírio branco estampado que dava a impressão de que algo estava prestes a engoli-la. Na cabeça, usava uma tiara imponente com detalhes em renda.

As duas irmãs se entreolharam.

Ela não estava vestida assim mais cedo, não é?

Mas pelo menos é um traje bem-comportado. Esse diálogo aconteceu sem que as irmãs trocassem uma palavra.

— Se vocês vão sair, deveriam se arrumar mais.

— Tudo bem, Taezinha. A gente tá bem assim.

Kaho saiu depressa de casa e percebeu que Shiho carregava uma bolsa grande de pano. Ela, por sua vez, levava apenas o casaquinho na mão e uma bolsa transversal pequena. Do vão da porta quase se fechando, as duas ouviram a voz da mãe dizendo para tomarem cuidado com os carros.

As duas ficaram conversando sobre as escolhas de estilo da mãe. Por sinal, aquele traje dela era o de ficar em casa, com o qual cozinhava e limpava o banheiro, como se fosse uma roupa qualquer.

— Dizem por aí que a "moda Lolita" se originou no Japão, por causa da influência do mangá e do anime, mas na verdade parece que não — comentou Shiho.

— Jura? Não que eu saiba muita coisa sobre moda.

— Muito tempo atrás, na década de 1980, havia uma dupla de cantoras chamada Strawberry Switch Blade, e elas se vestiam assim. Vestido de bolinha preto e branco com enfeite de cabelo chamativo.

— Por que você sabe isso?

— Ah, é que eu acabo pesquisando coisas inúteis para relaxar quando me canso de estudar. Tipo palavras que não sei bem o que significam, mesmo sendo parte do nosso dia a dia. Tenho lido sobre neotenia, sobre o conceito budista de que "todos os seres sencientes têm a natureza de Buda" e sobre a origem do nome do grupo Angerme, que descobri ser uma junção de duas palavras em francês. Uma decepção, na verdade.

Kaho quase soltou um "Legal", mas parou para pensar e comentou:

— Espera um pouco. Isso aí não parece relaxante.

— Ah, é, sim. Se você usar sua cabeça em outra direção, mesmo que por um curto período, você passa a entender o assunto ou matéria no qual tinha empacado. Especialmente em matemática.

— Ah, ótimo. Além da minha mãe, minha irmã também é uma doida varrida.

— Nós duas somos filhas da Taezinha, então devemos ter essa tendência à maluquice.

— Não me ponha no mesmo saco. Eu sou como o pai, tenho bom senso.

— Meio difícil, considerando o fato de que somos gêmeas.

O sol foi esquentando à medida que andavam. Kaho pensou por um instante que talvez não precisasse ter trazido a jaqueta. Shiho ainda estava falando.

— Esse termo, neotenia, é muito interessante. *Grosso modo*, é o fenômeno que ocorre quando certas criaturas viram adultas mantendo a sua forma infantil. O axolote é um deles, pelo que li. Deve ser por isso que eles são tão fofos.

— Forma infantil?

— É. Os insetos são bem diferentes antes e depois de se tornarem pupas, não é? Mas existem algumas mariposas que podem se reproduzir mesmo em sua forma de larva, e isso é chamado de neotenia. Aves e mamíferos não ficam tão diferentes, mas mesmo assim há uma diferença entre filhotes e adultos, como por exemplo a proporção entre a cabeça e o tronco.

— Ah, sim.

— E isso me fez lembrar dos gatos. Os miados que ouvimos, tipo miau, são na verdade usados pelos filhotes para se comunicar com as mães, e eles não miam mais quando adultos. No entanto, ao se tornarem animais domésticos, parece que começaram a miar assim apenas para humanos, mesmo depois de adultos. É um pouco diferente da evolução, mas acho que é meio que isso.

— Shiho, desde quando você ficou assim tão nerd?

— Ah, é isso que acontece depois de três anos tendo apostilas como amigos. A gente não é mais criança, e ano que vem já seremos maiores de idade.

Ao ouvir isso, a história do garoto que nunca cresceu ressurgiu na mente de Kaho. Na verdade, essa história sempre esteve ali, muito antes de ela bater na porta da irmã.

* * *

A família Hiiragi era vizinha da família de Kaho. Shiho, Kaho e Shoma, nascidos no mesmo ano, estudaram no mesmo jardim de infância e na mesma escola de ensino fundamental. As primeiras pessoas com quem as duas irmãs tiveram um contato mais próximo além da família foram os Hiiragi. Shoma era filho único e, embora fossem gêmeas, Kaho e Shiho eram apenas duas, então os três se tornaram ainda mais próximos do que meros amigos de infância.

No entanto, conforme os anos passavam, essa proximidade passou a incomodar Kaho. Na escola, os três não caíam na mesma turma, e nos primeiros anos ainda iam e voltavam juntos da escola com frequência, mas isso foi diminuindo também. Mais ou menos no quinto ano elas quase não viam mais Shoma, e Kaho até parou de pensar nele.

Pouco antes das férias de verão do quinto ano, porém, Kaho, assim que chegou em casa, ficou sabendo pela mãe que o amigo tinha falecido. A garota ficou tão chocada que não conseguiu nem tirar a mochila das costas e permaneceu de pé. Ela se lembrava de ter pensado que algo que só via em novelas e mangás estava acontecendo perto dela. Pela primeira vez, sentiu o perigo e a certeza de simplesmente estar viva. "Entendi." Foi a única coisa que Kaho conseguiu dizer, e foi direto para o quarto, mas a mãe chamou sua atenção, dizendo que Kaho antes precisava lavar as mãos e fazer gargarejo. Até disso Kaho se lembrava.

Quando voltou para o quarto que dividia com a irmã no primeiro andar, Shiho, que havia chegado primeiro, já estava de bruços na cama. Naquela época, as irmãs revezavam quem dormia em cima ou embaixo no beliche. Shiho estava usando a cama de baixo nesse período.

"Você ficou sabendo?", Kaho abriu a boca para perguntar, mas a fechou depressa. Os ombros da irmã tremiam. Shiho chorava em silêncio. Talvez por ter percebido que Kaho a fitava, ela virou o corpo devagar, voltando as costas para a irmã, e permaneceu sem mover um fio de cabelo. Dava a impressão de estar se contendo ao máximo.

Só muito depois Kaho percebeu que o garoto talvez ocupasse um lugar no coração de Shiho diferente daquele que ocupava no dela. Naquele momento, no entanto, não soube o que dizer à irmã. Kaho deixou a mochila no chão, tentando não fazer barulho, e logo saiu do quarto. Descendo as escadas, foi para a cozinha e perguntou se a mãe precisava de ajuda com algo. Ela usava um vestido com estampa de plantas bem sem graça, a ponto de Kaho estranhar. Era uma roupa tão simples que a estampa ficou gravada na mente da garota. Kaho só voltou ao quarto na hora do jantar, quando foi até lá chamar a irmã.

No dia seguinte, ficou sabendo que Shoma tinha leucemia aguda. Ela lembrava que a mãe chegara a levar as duas para visitar o amigo no hospital, no inverno ou no início de algum ano letivo. No entanto, na época Kaho não tinha entendido muito bem por que Shoma estava ali e por que ela e a irmã tinham ido visitá-lo. Além disso, por algum motivo, ela acabou ficando sozinha com o garoto. Não fazia ideia de onde a mãe e a irmã tinham ido parar, mas não queria se ver naquela situação. Esse sentimento ainda estava preso no coração de Kaho como uma farpa impossível de tirar.

"Sabe, Kaho, eu gosto de você", disse Shoma de repente.

"Hã?" Foi tudo o que ela conseguiu responder. Talvez ela houvesse chegado a dizer um "obrigada" ou algo do tipo, mas os detalhes agora eram confusos. Ainda assim, lembrava-se claramente do que disse em seguida, quase sem pensar: "Mas você se dá melhor com a Shiho, não é?".

Então a expressão dele ficou séria. Pelo menos foi assim que pareceu para Kaho. Um olhar distante tomou conta do rosto de Shoma, como se ele enxergasse através dela.

"Acho que eu gosto de você e da Shiho da mesma maneira. Se eu pudesse, me casaria com as duas."

Como ele sorriu, Kaho interpretou aquilo como uma brincadeira e ficou mais tranquila. Mas então acabou dizendo algo que não deveria, e nunca conseguiu revelar nem mesmo a Shiho as palavras que lhe haviam escapado naquele momento.

Com a morte de Shoma, tudo mudou. Desde então, era como se Kaho carregasse um segredo que não podia contar nem para a própria família. Sua irmã, por sua vez, foi ficando cada vez mais calada com o passar dos dias.

Os Hiiragi se mudaram naquele mesmo ano, e a família de Kaho nunca mais teve notícias deles. Foi também durante as férias de verão daquele ano que seus pais começaram a insistir para que as irmãs fossem estudar na escola para garotas onde elas acabaram sendo matriculadas. Talvez eles achassem que isso as afastaria de lembranças tristes, já que na escola antiga teriam que fazer o mesmo caminho que no passado faziam com Shoma. Já a escola para garotas ficava numa direção completamente oposta.

Claro que Kaho só se deu conta disso bem mais tarde. Depois que Shiho decidiu que tentaria entrar na nova escola, passou a ajudar Kaho a estudar para o processo seletivo de bolsa. Foi nessa época que ela começou a usar óculos. Naturalmente, Kaho queria frequentar a mesma escola da irmã, então deu o seu melhor e conseguiu ser aprovada. Quando a família percorreu o caminho junta no dia da cerimônia de boas-vindas, as cerejeiras ao longo do rio já não estavam no auge da florada, mas ainda tinham flores.

Quando entraram no fundamental II, depois de Shiho negociar com o pai, cada uma ganhou o próprio quarto. Kaho ficou com o quarto que era delas, enquanto a irmã foi para o quarto ao lado, que até então era usado como depósito. Nas noites em que verificava quando ia se deitar, a luz do quarto de Shiho quase sempre ainda estava acesa.

* * *

Por alguma razão, havia uma boa quantidade de carpas no rio a caminho da escola, e não são as de cores simples. Tinham as chamadas *nishikigoi* com manchas brancas, vermelhas e pretas, além de um espécime de um dourado deslumbrante que poderia até ser o guardião de algum lugar, e todas eram bem grandes. De vez em quando, alguém jogava migalhas de pão ou algo do tipo, e as carpas vinham de todas as direções, alvoroçando a superfície da água. Alguém poderia até pensar que havia um vulcão no fundo do rio.

Houve uma época em que as duas observavam essas coisas com interesse, mas, após seis anos, aquilo tinha deixado de ser novidade. Naquele dia, porém, a superfície da água estava coberta por pétalas de flores de cerejeira, e sob elas nadavam manchas douradas, vermelhas e brancas, criando uma paisagem nova que as irmãs não haviam visto em outras épocas.

— Parece aquelas cenas que a gente vê no verso das cartas do baralho *hanafuda*.

— Você acha? Ficaria mais bonito se a água fosse mais limpa.

— Sabe — disse Kaho, olhando para a carpa logo abaixo delas —, achei impressionante você ter passado para essa faculdade.

— Você também conseguiria se quisesse, não? Partimos dos mesmos ingredientes.

— Ingredientes?

— Até o ensino fundamental, a gente tirava praticamente as mesmas notas. E você também entrou na mesma escola que eu, lembra?

— Ah, mas você já me ajudava desde aquela época.

Kaho se curvou para agradecer a ajuda que a irmã lhe dera na época, e Shiho, por sua vez, curvou-se de volta.

— Imagina, foi um prazer — respondeu Shiho.

— O auge dos meus estudos foi naquele tempo. Mas você continuou estudando mesmo depois de passar. Coisa de gente disciplinada, né.

— Ah... é que eu já tinha decidido que faria medicina.

Embora Kaho já soubesse disso, foi a primeira vez que ouviu da própria Shiho.

— Então foi por causa...

Kaho estava falando, mas de repente parou de caminhar. Shiho, que estava alguns passos adiante, também parou e se virou.

— Claro. Foi por causa do Shoma, sim.

Assim, sem saber exatamente por quê, o olhar das irmãs se encontrou. Nenhuma tentou desviar. Não conseguiram. Uma carpa caprichosa saltou da água fazendo barulho, mas as irmãs nem se moveram.

* * *

Por que fui deixada sozinha naquele quarto de hospital naquele dia? Onde estavam Shiho e a mãe naquela hora? Kaho se fez essas perguntas muitas vezes desde então. Só que nunca teve respostas. Quando se deu conta, estava sozinha, olhando para ele, acamado. Para falar a verdade, tinha até sentido um frio na barriga por ele ter dito que gostava dela, bem quando Shiho não estava, mas ficou chateada quando ele acabou falando que gostava das duas.

"Mas você se dá melhor com a Shiho, não é?"

Ele estava pálido, tão branco quanto o lençol que o cobria.

"É. Eu fico mais tranquilo quando estou com ela. Isso é verdade. Agora mesmo estou até suando nas mãos. Como pode, não é?"

"E mesmo assim você não consegue escolher?"

Shoma riu, sem energia.

Sentindo-se um tanto orgulhosa, Kaho acabou dizendo:

"Deve ser porque você ainda não ama alguém de verdade. Afinal, ainda somos crianças. Não viramos adultos ainda. Você provavelmente vai conseguir escolher quando virar adulto. Tipo, meu pai escolheu minha mãe. Então é melhor você ainda não pensar nessas coisas de gostar ou não."

Ela realmente pensava assim. Até porque, naquela mesma época, as meninas da turma estavam começando a mexer com maquiagem, conversar sobre qual colega ou *idol* era bonito ou não, e isso a incomodava um pouco. Se Shoma não tivesse morrido, isso teria sido só um daqueles momentos triviais que ficam perdidos na memória.

Mas tudo mudou naquele dia de verão.

Será que Shoma acabou não conseguindo se tornar adulto porque, naquele dia, eu o tratei como criança? Será que minhas palavras, de algum jeito, fizeram com que ele tivesse aquele destino? Kaho sabia que isso era impossível. Que estava exagerando, se deixando levar pelos próprios pensamentos. Ainda assim, não conseguia reprimir as emoções que continuavam vivas dentro dela.

Ah, foi por isso que convidei Shiho para sair hoje. Porque queria desabafar sobre esses sentimentos com ela. Embora Kaho finalmente compreendesse isso, ela não sabia o que fazer em seguida.

* * *

As duas permaneceram caladas enquanto caminhavam à beira do rio. *Quando foi que o orelhão perto da loja de doces desapareceu? E o cachorro do verdureiro que costumava dormir numa caixa de papelão? Aquela loja não existe mais.* Elas deveriam estar conversando sobre essas coisas, mas as palavras não saíam.

Logo já estavam perto das fileiras de cerejeiras. Quando Kaho ergueu o rosto, ficou impressionada com a visão. Por um breve instante, todos os seus pensamentos desapareceram, e ela arfou maravilhada. Quando finalmente olhou para o lado, viu que a irmã também estava emocionada com a cena. Sob a luz deslumbrante, Shiho semicerrava os olhos atrás dos óculos.

Encontraram um banco e decidiram se sentar lado a lado para admirar as flores. Shiho colocou a bolsa de pano no colo, tirou um chocolate de dentro e ofereceu para Kaho. Era um com bastante cacau, que diziam ser bom para acordar.

— Ah, é, eu trouxe isso aqui porque queria te devolver.

Ao dizer isso, ela tirou *Peter Pan e Wendy* da bolsa.

— Encontrei enquanto arrumava o quarto. Lembro que você gostava desse livro.

— Não era *você* que gostava do livro? Por isso ficou com ele.

— Ah? Foi, é?

— Acho que a gente até chegou a falar que poderia ficar no quarto de qualquer uma das duas.

— E a gente ainda estava no mesmo quarto quando leu, não foi?

— Sim. Ficamos felizes de ganhar o livro, mas nossa vontade de ler foi tolhida pela espessura dele.

— Tolhida? Agora falou difícil.

— Ah, me deixa.

Apoiando as mãos no banco, Kaho olhou para cima como se alongasse as costas. As flores de cerejeira estavam em plena floração.

— Mas é isso, né. A gente já cresceu o bastante para usar "tolhida" na conversa.

— É, se nos compararmos com quando estávamos no jardim de infância ou no fundamental.

O sol estava em um ponto muito mais alto do que quando saíram de manhã. Cada uma das pétalas brancas parecia brilhar, refletindo a luz do sol.

— Como eram mesmo as suas falas?

— Hein? Do quê?

— Da peça. Você não lembra?

— Ah, *daquela peça*. Já esqueci tudo.

Kaho abriu uma página qualquer de *Peter Pan e Wendy*. Passou os olhos pelo texto, pensando que seria uma boa desculpa para mencionar Shoma. Shiho aproximou o rosto para ler também.

— "'Estamos na rocha, que está quase coberta! A água está subindo e logo vai tomar tudo.' Os rios de luz azul espreitam, passeando discretamente sob a água em silêncio."

Qual era mesmo essa cena?, Kaho se perguntava quando Shiho puxou a manga de sua blusa.

— Você ouviu um miado?

Kaho ergueu o olhar e aguçou os ouvidos. Não tinha ouvido nada, mas a paisagem de fato parecia diferente. Havia uma mudança sutil no caminho que estavam acostumadas a fazer ao ir e voltar da escola. Shiho parecia achar a mesma coisa. Ela se levantou e olhou ao redor, inquieta.

— Você se lembra de uma casa assim, ali no cruzamento?

Havia um semáforo no local para onde Shiho apontava. Ao lado, uma cerejeira de ramos pendentes bem alta. Era como se somente aquela árvore se destacasse na paisagem.

— Não acha aquela cerejeira estranha? Nunca vi uma com flores de cores diferentes na mesma árvore, nem mesmo na TV.

Shiho estava certa. Nesse instante, o miado chegou até os ouvidos de Kaho. Um miado em tom de urgência, que parecia um apelo ou um chamado. Quando Kaho se deu conta, Shiho a puxava pela mão e as duas andavam em direção à casa de dois andares com paredes de madeira que não lembravam de ter visto uma única vez durante os últimos seis anos.

De perto, pareceu algum tipo de estabelecimento comercial. Na placa estava escrito SAKURA com giz branco e vermelho. Não tinha nenhuma loja assim por ali. *É, não estava aqui antes*, concluíram as irmãs, dialogando com o olhar, caladas.

— E então?

— Dá um pouco de medo de entrar, né? — perguntou Shiho.

No entanto, a irmã não esperou pela resposta de Kaho e já foi abrindo a porta. Kaho espiou o interior do local por trás da irmã, que esticou o pescoço para dentro. Havia um cheiro de café e ouvia-se uma música tranquila. "Bolero", de Ravel. Conhecia da aula de música.

Shiho pegou a irmã pelo pulso e a fez entrar. De início Kaho achou que fosse uma cafeteria, mas havia estantes com livros por todos os lados. Ramos de cerejeira em vasos solitários também estavam em todos os cantos.

Reunindo coragem, Kaho se colocou ao lado de Shiho. Diante delas, estava uma garota de vestido jardineira vinho e camisa branca. Tinha mais ou menos a mesma altura das duas e, embora parecesse um pouco mais velha, não estava usando maquiagem.

A garota tinha um livro aberto em frente ao rosto. De sua boca saiu a seguinte frase:

— "Os rios de luz azul espreitam, passeando discretamente sob a água em silêncio. Logo, ouve-se a melodia mais bela e triste do mundo: o canto das sereias buscando a lua."

A garota então ergueu o olhar, abriu um sorriso inegavelmente alegre e encarou Kaho e Shiho como se comparasse as duas.

— O-o que foi? — perguntaram as irmãs.

— Ah, é que, por algum motivo, achei que os próximos clientes seriam crianças bem pequenas, então estava me repreendendo. Não é bom partir de pressupostos. Sejam bem-vindas. Por favor, sentem-se.

A garota apontou para uma mesa de dois lugares com uma placa de RESERVADO. Parecia que as irmãs estavam pensando a mesma coisa: *Não reservamos nada*. Mas não souberam o que fazer e acabaram sentando uma de frente para a outra. A garota colocou um par de guardanapos e porta-copos sobre a mesa, então, levou a mão à boca, cerrou o punho e pigarreou de forma graciosa.

— Esta história, que tem como protagonista Peter Pan, a eterna criança, foi originalmente publicada como uma peça. Foi um grande sucesso já desde a primeira sessão de 1904 e logo se tornou um clássico de peças de Natal. A propósito, parece que a fala "Os humanos precisam de pó de fada para poder voar" foi acrescentada a pedido do corpo de bombeiros no terceiro ou quarto ano. Provavelmente porque o número de crianças indo parar no médico por dar saltos inconsequentes devia ter disparado. Eu também não nego que já pensei que poderia voar.

A garota trocou a mão com a qual segurava o livro e levantou o indicador da mão livre.

— E o próprio autor editou a obra para transformá-la neste romance, *Peter Pan e Wendy*. A minha fala favorita é a que aparece no último capítulo, quando Wendy responde à filha, Jane, que lhe pergunta se ela não pode mais voar.

Assim, a garota reabriu o livro, pigarreou mais uma vez e disse, em uma entonação exagerada:

— "É porque deixamos de ser alegres, inocentes e desalmados. Só quem é alegre, inocente e desalmado pode voar."

Em seguida, com uma expressão que dizia algo como *E então, o que acharam?*, a garota se virou para as irmãs. Mas tudo o que elas conseguiram fazer foi encará-la em silêncio, completamente atônitas. *O que está acontecendo aqui?*, pensaram as duas ao mesmo tempo.

— Senhoritas Shiho e Kaho Fukamachi.

Por que você sabe nossos nomes?, Kaho quis indagar, mas Shiho a deteve com um aceno.

— Na verdade, foi ela quem as convidou para cá. Vocês já devem ter ouvido o miado dela, mas ela quer cumprimentá-las mais adequadamente.

A garota mal acabara de falar e uma gata pulou sobre a mesa das irmãs. Era uma gata tricolor de pelos bastante longos. A gata passou desviando dos porta-copos e guardanapos, virou-se em um ponto onde havia mais espaço e se sentou em posição de pão de forma.

— O nome dela é Kobako. Na verdade, é Koubako, mas chamo assim encurtado porque é mais fácil.

A gata bocejou como se assentisse e levantou a cabeça. Com isso deu para ver a coleirinha dela, na qual se lia seu nome.

— Mas então, o que é aqui? A gente precisa fazer algum pedido? Ou vocês na verdade vendem livros?

— Ah, você está certa. Aqui é uma livraria, sim, e servimos café também, mas não precisa comprar nada. Vocês abriram a mesma página do mesmo livro que eu estava lendo por acaso, e isso abriu o portal. E, de certa forma, foi planejado.

— Não sei bem do que você está falando.

A garota inclinou a cabeça, levantando o indicador.

— Falei a mesma coisa com uma cliente que veio antes, mas o que fazemos aqui é tipo dar um prêmio de loteria para uma pessoa que nem sequer comprou um bilhete. É melhor ter um pouco disso no mundo. Ela também concorda.

A gata, com apenas um dos olhos aberto, deu um miado fraco e curto. Kaho e Shiho olhavam alternadamente para a garota e para o animal, sem entender nada.

— Há coisas que vocês querem perguntar e, se possível, confessar à outra ainda hoje, não é mesmo?

Elas se entreolharam. Shiho estava boquiaberta.

— Nesses casos, é melhor confirmar a informação na fonte. Ah, isso não acontece toda hora. Mas há casos, como o do autor desse livro. Ele escreveu uma peça usando cinco irmãos que havia encontrado no parque perto da casa dele como modelo e criando um protagonista que não se tornava adulto. A peça foi um sucesso, mas os pais dessas crianças morreram um depois do outro, e ele acabou sendo nomeado como responsável pelas crianças. Essas coisas acontecem no mundo real. Milagres, na verdade, estão em toda parte. O fato de vocês terem nascido gêmeas, por exemplo. —

Ela inclinou a cabeça. — Uma imagem vale mais que mil palavras. Sua vez de entrar em cena, Kobako.

Com esse aviso, a gata tricolor, agora com os dois olhos bem abertos, levantou-se e deu um miado mais longo.

— Ah, esqueci de falar: vocês vão sentir um pouquinho de tontura no começo. Mas não é muita coisa, não se preocupem.

A fala da garota começou a ficar distorcida. Ao mesmo tempo, Kaho sentiu como se alguém estivesse pegando seu coração e apertando-o. *O que é que tem de pouquinho nisso?* Mas, antes que pudesse protestar, foi tomada por uma sensação de estar sendo arremessada para longe dali.

Quando percebeu, Kaho estava em um lugar que parecia um corredor de hospital. Sabia que era um hospital porque tinha aquele cheiro característico. *Como assim?*, ela se perguntou. Mas o que viu foi realmente inesperado. Sua irmã era uma criança, parecia não ter mais de 10 anos. E o fato de não usar óculos era a prova disso. Com os braços cruzados às costas, a menina permanecia de cabeça baixa, os olhos fixos no piso de linóleo.

Do lado de fora do quarto mais próximo, quatro nomes haviam sido escritos à mão. Era quase natural que um deles fosse o nome de Shoma Hiiragi. Kaho segurava a mão de alguém. Era a de sua mãe. O traje dela era bem modesto: uma saia azul-marinho lisa, uma blusa branca e um cardigã verde. Raramente era vista vestida assim.

— Chegamos. Não se empolgue muito só porque você está vendo o Shoma depois de muito tempo, porque aqui é um hospital. E Kaho, nada de sair andando por aí sozinha, viu?

Kaho ficou perplexa. A mãe havia se virado para a irmã quando chamou pelo nome dela. Será que Taezinha não conseguia distingui-las? Por um instante, Kaho achou que isso era possível, mas logo descartou a ideia. Quando olhou com mais atenção para a pessoa que pensava ser Shiho, percebeu algo. A roupa que a menina usava era a mesma que ela, Kaho, havia vestido naquele dia.

Então... eu estou no corpo da Shiho daquele dia. Mas como isso é possível?

Sem conseguir entender o que estava acontecendo, seu olhar vacilou até encontrar os olhos da outra garota, aquela que parecia ser ela mesma. Foi nesse instante que Kaho percebeu onde Shiho estava. Tinha quase certeza de que Shiho estava *lá*.

No entanto, não era como se Kaho — a que havia acabado de terminar o ensino médio — estivesse controlando a Shiho criança. Pelo contrário. A Shiho criança, independentemente da vontade de Kaho, puxou a manga da roupa da mãe e propôs:

— Eu queria falar com o Shoma antes. Mãe, você pode esperar aqui com a Kaho? Ah, se der, vocês podem ir até a sala de espera ver se tem alguma coisa para beber?

A mãe não respondeu imediatamente. Ela encarou a filha em silêncio, depois voltou sua atenção para a outra menina, a Kaho criança.

— O que você acha, Kaho? Tudo bem para você?

— Comigo? Tudo bem, claro.

A mãe deixou o quarto de hospital para trás com a Kaho criança, e a Shiho criança ficou sozinha ali. Tudo o que Kaho podia fazer agora era "assistir" ao desenrolar dos acontecimentos de dentro do corpo de Shiho. A única coisa que ela percebia era que a Shiho criança agia com uma forte determinação.

— Oi, Shiho.

Shoma sorriu sem força quando ela se aproximou da cama.

— Como você está? Não parece estar muito bem.

— Não estou nem melhor nem pior. Mas não sinto mais tanta tontura.

— Que bom.

A julgar pela interação, Shiho parecia ter ouvido muito mais sobre a doença da boca de Shoma do que ela imaginava. Enquanto Kaho refletia sobre esse fato, Shoma discretamente baixou o olhar e disse:

— Desde aquele dia que o médico falou comigo, tenho pensado muito. Acho que eu talvez não tenha mais muito tempo de vida.

— Deixa disso. Não pode ser. Com certeza você vai melhorar.

— Mas eu queria poder falar para a Kaho que eu gosto dela, antes que eu não possa mais. Será que isso seria um peso para ela? O que você acha?

Kaho sentiu o peito da pequena Shiho se apertar como se alguém estivesse sufocando-a. *O que está acontecendo?*, ela se perguntou. E a resposta veio de imediato. Era assim que sua irmã o amava. Profundamente. Mas desde quando? Será que havia sido desde que ela foi escolhida para ser Wendy? Kaho se perguntava essas coisas quando ouviu a voz de Shiho:

— Acho que tudo bem. Eu vou ajudar, então melhor você não ter arrependimentos. Foi por isso que hoje falei para minha mãe trazer a Kaho também. Fala para ela, sim.

Ela encorajou o amigo e pôs a mão sobre a dele.

Então, Shiho foi chamar a mãe e a Kaho criança. Empurrando apenas Kaho para dentro do quarto, ela segurou a mão da mãe e a levou para longe dali. *Ah, então foi por isso que eu fiquei sozinha com o Shoma no quarto*, pensou Kaho. A Shiho criança, que havia levado a mãe até a máquina de vendas no canto do corredor, parou de andar. Em seguida, pediu que a mãe esperasse ali e se virou de repente.

— O que foi, Shiho?

Sua mãe tentou segui-la. E, sem querer, Kaho deixou escapar as palavras:

— Não se preocupe, Taezinha.

As palavras saíram da boca da Shiho criança. Kaho supôs que isso aconteceu porque a mente de Shiho já não devia mais estar ali.

— Hein? Taezinha? Falou comigo? Foi você que disse isso, Shiho?

Deixando a mãe confusa para trás, Kaho voltou até o quarto a passos apertados. Ela podia sentir na pele a ansiedade da Shiho criança, que queria saber se Shoma conseguiria contar o que sentia.

Mas, quando ela finalmente espiou dentro do quarto, achou que seu olhar tivesse cruzado com o de Shoma e se escondeu depressa. Tentando encostar o corpo na parede para não ser vista, ouviu a voz de Shoma dizer em seguida:

— Acho que eu gosto de você e da Shiho da mesma maneira. Se eu pudesse, me casaria com as duas.

Ah. Então Shoma viu que Shiho estava ali naquele momento e, por isso, fingiu que não podia escolher. E Shiho criança se arrependeu de ter feito o garoto dizer aquilo. *Por que eu tive que voltar?* O som do coração acelerado de Shiho ecoava dentro dela, e Kaho sentia cada batida como se fosse a sua própria.

Houve um novo abalo. Em instantes, uma força intensa puxou Kaho de volta, e num piscar de olhos ela se viu diante de Shiho novamente.

No início, foi constrangedor fitar a irmã, e ela pareceu se sentir da mesma forma. As duas procuraram onde pousar o olhar e acabaram voltando-o para a gata na mesa. A gata, com apenas um dos olhos aberto, deu um miado bem curto.

Ao fim, Shiho quebrou o silêncio, ainda desviando o olhar.

— Você deve ter entendido, mas eu acabei voltando bem naquela hora. Acho que, por isso, ele não conseguiu te dizer que gostava mais de você. Ele deve ter percebido o que eu sentia. Sempre quis me desculpar por isso.

— Você não tem culpa de nada. Eu que peço desculpas.

— Pelo quê?

— Eu não fazia ideia de como você se sentia. E você me ouviu, não foi? Eu disse ao Shoma que ele ainda era uma criança, que não podia ser adulto. Se eu não tivesse falado algo assim, talvez ele pudesse ter crescido...

— O quê? Como assim? Nada a ver. Isso é coisa da sua cabeça.

— Eu sei que é. Mas é que...

— Você ficou remoendo isso por todo esse tempo?

— Talvez.

— Queria que tivesse me dito... mas acho que não podia, especialmente para mim.

— Pois é.

— É, né.

— Mas acho que deu para aliviar um pouco o peso, não?

A garota de vestido jardineira vinho entrou na conversa. Ela ostentava um sorriso de plena satisfação.

— Acho que vocês vão ficar bem agora. Na verdade, não tinham com o que se preocupar desde o começo, eu acho. Talvez fosse uma farpa que teria sido removida de alguma outra forma se não tivéssemos nos encontrado hoje, ou teria sumido sem que vocês percebessem. Mas nós... eu, ela e este lugar... existimos para chamar clientes e empurrar milagres em suas mãos.

A garota, então, se curvou profundamente.

— Já está na hora de voltarem para o lugar de onde vocês vieram. Ainda é bem frio durante a manhã e à noite nessa época do ano, então tomem cuidado para não pegar um resfriado no começo de sua nova rotina. Não, não precisam pagar. Mas eu ficaria muito feliz se algum dia, em algum lugar, vocês lembrassem que o nome deste estabelecimento é Sakura.

Depois que a garota terminou de falar, houve uma pausa antes que o som de um livro se fechando ecoasse ao longe.

* * *

Por um tempo, a garota manteve os olhos fixos no lugar onde as gêmeas estiveram.

— Elas são adoráveis, não são? Parecem ter um vínculo muito forte.

Então, a garota se aproximou e, com gentileza, pousou a mão na cabeça da gata.

— Eu também tenho alguém assim, alguém que é como minha outra metade. Bem, você também é especial para mim, mas de um outro jeito.

A gata respondeu pressionando a cabeça com força à mão da garota.

— Isso mesmo. Você também a conhece, não é? Ela é tudo para nós...

Os olhos da gata tricolor estavam semicerrados. De maneira incomum, ela ronronava carinhosamente.

* * *

Quando perceberam, as irmãs estavam sentadas no banco à beira do rio. Pétalas de flor de cerejeira dançavam no ar.

— Ah! — disseram ao mesmo tempo, trocando olhares e esticando os braços uma na direção da outra.

Ambas tinham pétalas no cabelo, não apenas uma ou duas, mas várias espalhadas por toda a cabeça. Elas balançaram a cabeça para tirar as pétalas. Kaho foi a primeira a perguntar:

— Quanto tempo você acha que ficamos lá?

— Não sei.

— O que era aquele lugar?

Shiho deu de ombros.

— Deve ser exatamente o que a garota disse.

— Como assim, exatamente?

— Uma livraria, uma cafeteria e um serviço de empurrar milagres para as pessoas.

— Empurrar milagres?

— É. Foi o que ela disse.

— Mas não é meio estranho alguém que empurra coisas para as pessoas ter um ponto fixo?

— É *essa* parte que te preocupa?

Elas sorriram uma para a outra. Então Shiho espirrou. Talvez tivesse pegado um resfriado enquanto dormia. *Se* tivessem dormido. Lembrando-se do casaco que havia trazido, Kaho o ofereceu à irmã, que aceitou na mesma hora. Enquanto enfiava os braços nas mangas, Shiho resmungou:

— Vamos acreditar que nós duas tiramos um cochilo e deixar por isso mesmo.

Kaho não soube o que dizer, então Shiho emendou:

— Somos gêmeas. Deve ser normal sonharmos a mesma coisa.

— Pode ser — cedeu Kaho, fazendo bico.

Se isso fosse verdade, significaria que as duas estavam remoendo o que acontecera no hospital exatamente ao mesmo tempo. Kaho ficou encabulada com a ideia. Só que já sabiam com quem contar em situações como esta.

— Sabe, a Taezinha...

Cada sílaba saiu em perfeita sincronia, a ponto de até elas mesmas se surpreenderem.

— Isso é coisa de gêmeas mesmo — disseram quase ao mesmo tempo.

— E você acha que ela vai se vestir com aquelas roupas até quando, hein?

— Acho que vai continuar assim por enquanto, pelo menos. Mas já estão aparecendo rugas ao redor dos olhos.

— Você tem que falar isso para ela, Kaho.

— Eu, não, credo. Será que se eu engravidar e me casar ela se toca?

— Espera aí, Kaho. Você está com alguém? Desde quando?

— Claro que não. A gente mora na mesma casa. Você perceberia mesmo sem perguntar.

— É que você falou em engravidar, do nada. Até me assustei. Normalmente, as pessoas arranjam um namorado primeiro antes de pensar em engravidar ou casar. E você ainda fala que eu sou a doida varrida e que você tem bom senso? Tudo bem, então.

Ah, ela com certeza sabe guardar rancor, pensou Kaho.

— Ah, fala sério!

De repente, a expressão de Shiho ficou séria, e não porque havia atendido ao pedido da irmã.

— Para falar a verdade, eu não entendo mais dessas coisas de amor e paixão. Mas acho que, naquela hora, eu sentia do fundo do coração que queria protegê-lo, ajudá-lo, fazer algo por ele. Mas, no final, eu não pude fazer nada, e ele já não está mais entre nós...

Aquela emoção, a sensação de impotência que Shiho sentira no corredor do hospital, voltou com força para Kaho.

— Por isso acho que, sinceramente, estou meio cansada de tudo isso. Já deu para mim — prosseguiu Shiho. — Pelo menos por enquanto, claro.

— É, vai saber o que vem pela frente.

Shiho desviou o olhar e se concentrou nas flores de cerejeira.

— Por isso, se você pretende se casar, ter uma família e tal, eu ficaria muito feliz. Até grata.

— Vai saber o que vem pela frente — repetiu Kaho, porque não conseguiu pensar em outra coisa para falar.

— Vamos para casa?

— Vamos. Já estou com fome.

Ao se levantarem, Shiho comentou:

— Ah, esqueci de falar, mas há teorias de que os humanos também têm neotenia. Não ter muitos pelos e ter a cabeça grande são originalmente características de mamíferos filhotes. Aí eu pensei: se for assim, a espécie humana, que escolheu viver na forma infantil, deitou e rolou na tecnologia da linguagem, diferenciando adultos e crianças e inventando palavras como neotenia, para se distinguir de outras espécies. Achei isso bem engraçado. É como se fosse uma grande comédia. Ou seria uma piada de mau gosto? Algum dos dois.

Kaho ouvia Shiho, mas também pensava consigo mesma: *Um dia, vou acabar esquecendo de verdade o menino que não cresceu. Mesmo que eu não o esqueça completamente, vou deixá-lo bem guardado em algum canto do coração. Mas minha irmã não vai. Ela vai fazer de tudo para não esquecê-lo e para sempre vai lamentar a diferença de idade cada vez maior entre ela e o menino.*

É tudo igualmente trágico. Para mim, para Shiho e, acima de tudo, para ele.

Esse pensamento não abandonou Kaho ao longo de todo o caminho. As flores de cerejeira cobriam a superfície do rio.

Um cardume de peixes pequenos diferentes da carpa refletia a luz do sol.

— Mãe, voltamos.

A mãe veio correndo assim que elas abriram a porta. O barulho do chinelo ressoava alto, e, em vez de dar boas-vindas às filhas, ela abriu os braços dizendo:

— Tcharan! Essa roupa é linda demais, não acham? Chegou hoje. Fiquei contente e acabei abrindo.

Ela estava com uma roupa diferente de mais cedo. Desta vez, era um conjunto de blazer e calça brancos com listras rosa-claro.

— Ah, Shiho, a sua faculdade também tem cerimônia de abertura, não é? Estou pensando em ir com essa roupa, o que acha?

— Acho legal.

Surpresa com a resposta despreocupada de Shiho, Kaho lançou um olhar glacial para a irmã.

— Mas o pai estava falando de ele ir à minha cerimônia de abertura e de você ir à da Kaho, porque as datas são próximas e não teria como vocês irem às duas — continuou Shiho.

Eu não estava sabendo disso, pensou Kaho.

— Isso é sério? — perguntou Kaho, aflita.

Mas a mãe a interrompeu:

— Ele decidiu isso sem falar comigo?

— Ele falou que não teria como ser de outra forma, porque você não conseguiria voltar de Tóquio sozinha. Acho que ele tem razão.

— Não tem problema, eu vou estar com você, Shiho.

— Tem certeza?

Depois de alguma reflexão, a mãe concluiu:

— Ah, é, eu estaria sozinha na volta.

Shiho assentiu com uma expressão de vitória e acrescentou um comentário bombástico:

— Ah, e a Kaho disse que vai fazer você virar vovó já, já, então é melhor ir se preparando. Essa roupa está ficando meio forçada para você.

— Shiho, mas o que... — protestou Kaho.

— *É verdade*, Kaho? Você está saindo com alguém? Também não estava sabendo disso.

A mãe fez um biquinho para expressar insatisfação.

Acho que a Taezinha... nossa mãe... nunca vai mudar, pensou Kaho. *E ela certamente pode se manter assim, porque nosso pai faz de tudo para estar ao lado dela. Será que um dia vou sentir o mesmo por alguém?*

Kaho olhou para a irmã novamente. *Shiho sentiu essas emoções cedo demais, sem que eu soubesse*, refletiu Kaho. De repente, ela sentiu um profundo afeto pela irmã. Um sentimento intenso que era, de certa forma, nostálgico.

Shiho notou o olhar de Kaho e fez uma expressão de quem pergunta: "O que foi?". Kaho respondeu com um meneio de cabeça, como quem diz: "Não é nada", e então perguntou:

— Taezinha, o que tem para o almoço? Estou com fome!

— *Omu-rice* com hambúrguer. Hoje eu caprichei.

Devia ter caprichado, mesmo. Estava até usando luvas descartáveis. As duas irmãs foram lavar as mãos e notaram que o vestido de lírio daquela manhã estava de molho em uma bacia no banheiro, provavelmente devido a alguma mancha. Ao olhar de perto, Kaho viu que havia ketchup na parte superior.

— Ela é bem cuidadosa com essas coisas. Lava na hora — comentou Shiho.

— É só porque ela adora roupas — falou Kaho, com certo sarcasmo.

— Mas talvez seja bom aprendermos a fazer igual.

— Certo. Vou tratar de aprender a cozinhar com ela... Hum...

— O que foi?

— Será que a Taezinha trocou de roupa com aquelas luvas?

— É mesmo. Ela deve ter se esquecido.

— Então é melhor não imitá-la, não. Aquela roupa não é nova? Deve ter restos de carne moída nela.

— Tudo bem. O vestido é rosa, então não dá para perceber logo de cara que está manchado.

As três almoçaram juntas. O molho *demi-glace* do *omu-rice* estava um pouco forte, bem do jeito que Shiho gostava.

— O que você gostaria de comer no jantar, Shiho? — perguntou a mãe.

Por um momento, Kaho se indagou por que só a vontade da irmã importava, mas logo lembrou que Shiho levaria um tempo para voltar a desfrutar a comida da mãe, e Taezinha devia estar ciente dessa contagem regressiva.

* * *

Kaho passou parte da tarde sozinha no seu quarto.

"Só quem é alegre, inocente e desalmado pode voar."

Assim que se deitou, a voz da garota lendo ressurgiu.

Será que ainda conseguimos voar?

Se sim, será que isso é algo bom?

Ela acabou caindo no sono enquanto pensava. Não sonhou.

* * *

Depois do jantar naquela noite, Kaho foi de novo bater no quarto da irmã. Quando a porta se abriu, o interior estava ainda mais vazio do que na noite anterior, mas, por algum motivo, Kaho sentiu certo calor.

— Acho que é melhor você levar mesmo.

Ela estendeu o exemplar de *Peter Pan e Wendy*, temerosa. Shiho olhou para o livro e levou os dedos ao óculos.

— Não quero. Fica com ele. Não combina com o quarto de uma estudante de medicina.

Kaho pensou em insistir, mas deixou de lado.

— Quando você se mudar, posso deixar o livro aqui no seu quarto?

— Ah, pode ser... Deixa na estante da escrivaninha quando eu for, então.

Kaho assentiu.

— E o que você queria? Era só isso?

O tom de Shiho deixava claro que ela ficaria feliz se a irmã saísse do quarto naquele instante. Para contrariá-la, Kaho se sentou no chão e colocou o livro ao lado.

— Mais alguma coisa? — insistiu Shiho.

Já que a irmã tinha perguntado, Kaho começou a dizer as palavras que lhe vinham à cabeça, mas agora começava a se perguntar se, na verdade, não era exatamente por isso que tinha batido à porta dela.

— Sabe, talvez seja a última vez que a gente vá dormir debaixo do mesmo teto...

— Não. Eu com certeza vou voltar nas férias e recessos. A menos que você fuja de casa para se casar com o pai do seu filho que você nem conhece ainda, não vai ser a última vez, não. Se bem que depende de quão ocupada vou estar com os estudos.

— Não é isso. Eu só ia falar para, sabe, bem, a gente se abraçar.

— A gente se abraçar? Agora?

— É, ué. É uma boa oportunidade.

— Ah, se você insiste. Afinal, você é minha única irmã, não vou dizer que não. — Shiho cruzou os braços. — Então vamos fazer uma aposta.

— Apostar o quê?

— Acho que não vai acontecer com a gente, mas, se uma de nós chegar a ficar com uma pontinha de vontade de chorar, aí perde.

— Tudo bem. Apostamos o quê?

— Sei lá. Que não vamos falar nada se uma comer o sorvete da outra?

— Sabe de um castigo legal? Tirar uma foto com a roupa de sair da Taezinha.

— Mas, se a Taezinha descobrir, nós duas vamos ter que usar as roupas dela.

— É verdade. Então vai o sorvete mesmo.

Shiho desceu da cadeira e se sentou na frente da irmã.

— Vamos lá, então.

— Vamos.

Em movimentos quase idênticos, as duas deram um abraço apertado, envolvendo as costas uma da outra. Ficaram assim sem dizer nada por algum tempo. Quem quebrou o silêncio foi Kaho.

— Vê se você se cuida. Come direito. Manda mensagem, qualquer coisa.

— Obrigada, e se cuida você também. Cuida bem da Taezinha e do papai.

— Uhum. E, mana...

Kaho acabou ficando sem palavras. Shiho deu tapinhas leves nas costas da irmã.

— Eu ainda não falei com o papai sobre isso, mas estou pensando em ir estudar nos Estados Unidos depois de tirar o registro como médica.

Ah, ela está bem, ainda tem muita ambição. Kaho ficou com vontade de rir. Depois de rir, começaram as lágrimas. Sentiu seus ombros serem empurrados e viu o rosto da irmã diante dela. Shiho estendeu a mão e enxugou o canto dos olhos de Kaho com cuidado.

— Bom, promessa é promessa. Vou comer o Häagen-Dazs da geladeira com todo o prazer.

A irmã, que cantava vitória, também estava com os olhos marejados, mas Kaho fingiu não perceber, só dessa vez. *Seria um ótimo presente de despedida*, pensou.

O COMEÇO DE TUDO

A LOJA FICAVA EM um local indefinido no mundo, e à sua frente havia um pé de cerejeira peculiar.

As flores eram de todos os tons possíveis entre o branco e o vermelho.

Eram lançadas ao ar com o vento, e as cores se misturavam e se separavam novamente, às vezes gerando um redemoinho. À medida que o espectro de cores passava do branco ao vermelho, e do vermelho de volta ao branco, a árvore pulsava como se tivesse vida própria. Talvez estivesse gerando o espaço temporal daquele local, ou talvez fosse alguma entidade ainda maior.

Mas era um lugar indefinido no mundo, além da nossa compreensão.

Foi aí que a mão direita parou no manuscrito, recusando-se a seguir adiante. A rigidez do pulso era semelhante à dor, e uma sensação parecida se espalhava pelo peito e rosto. Dos lábios dele saiu um longo suspiro.

Kazuhiko Tonami girou a cabeça e depois os braços ali mesmo para se alongar, mas continuou com a sensação de que algo estava preso ali. Já se sentia assim havia tempo.

Ele olhou para o centro da escrivaninha, onde seu manuscrito inacabado estava espalhado. Atrás dos papéis havia um porta-retrato. Dentro do retângulo formado pela madeira de carvalho, uma jovem usando um vestido jardineira vinho com uma gata tricolor de pelos longos sorria. Mais uma vez, não conseguia tirar os olhos da imagem. Já fazia quase uma década que aquele se tornara o único lugar em que ele podia vê-la. Ainda assim, não conseguia deixar de pensar que gostaria de pelo menos ouvir a voz dela mais uma vez.

Há esperança enquanto não desistir. Parte dele queria acreditar nisso, mas temia não conseguir avançar se não aceitasse a realidade. Esses dois pensamentos conflitavam o tempo todo em sua mente, ainda mais quando pensava na única filha. A menininha de antes agora tinha crescido, os braços e pernas já bem alongados, e ajudava-o com as tarefas domésticas, com as quais ele ainda não havia se acostumado.

Por fim, Kazuhiko forçou-se a virar as costas para a escrivaninha e começou a vagar pelo escritório. A expressão indecifrável não era nem de irritação nem de hesitação. Não se sabe quanto tempo ele ficou naquele estado, até que parou diante da estante em uma das paredes. Era do tipo com portas de correr de vidro que podiam ser trancadas pelo centro. Kazuhiko permaneceu ali, pensativo, por alguns instantes, até que pegou um molho de chaves da gaveta e abriu a porta.

O cheiro de poeira se espalhou — ou seria aquele o odor liberado pelo tempo que havia sido congelado naquele espaço? Atrás da porta de vidro havia uma coleção de livros antigos. Kazuhiko escolheu um. Era *A primavera e o caos,* de Kenji Miyazawa.

> "Mais intensos que o ressoar dos sinos do meio-dia
> Fragmentos âmbar se espalham, e nesse momento
> Sinto mais forte o amargor da minha ira..."

Kazuhiko correu os olhos pela passagem. Era o poema favorito dela. Ele continuou a leitura em silêncio, às vezes sussurrando um trecho ou outro para si. Seus olhos tinham o brilho suplicante de quem procurava algo.

Pela janela, via-se que era primavera do lado de fora. Uma a uma, pétalas de cerejeira, que surgiam de algum lugar, atravessavam a paisagem e desapareciam.

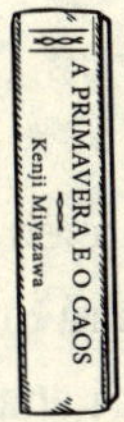

QUATRO

Sob a luz da atmosfera de abril

Quando percebeu, Kozue Tonami já estava diante da casa.

Em frente havia uma cerejeira de ramos pendentes alta, em formato de sino. Mas será que poderia mesmo chamar aquilo de cerejeira? Essa foi sua primeira dúvida. Ela não parecia falsa, mas era diferente das plantas que estava acostumada a ver no dia a dia.

As flores, que pareciam estar no ápice da floração, eram de todos os tons possíveis entre o branco e o vermelho. Pareciam ganhar uma tonalidade mais escura à medida que se aproximavam da ponta dos galhos. As flores na altura dos olhos eram de um vermelho tão intenso quanto o das camélias. Mas, quando o vento soprava e balançava os galhos, as cores se misturavam de uma forma única, contorcendo-se e formando um padrão indescritível. A beleza era estonteante. Não era, de forma alguma, uma paisagem qualquer. Ela nunca havia visto nada assim em fotos ou vídeos, muito menos com os próprios olhos.

Mas então, onde estou?

O que estou fazendo aqui?

Esses pensamentos logo a fizeram ter vontade de rir. Eram como as falas de um personagem que ficou com amnésia, logo no início da história.

Havia sido tudo tão repentino que a única coisa da qual ela se lembrava era o próprio nome. Ficou aliviada por se recordar disso. Também sabia que estava em um lugar desconhecido, mas não se recordava nem de onde estivera antes dali. Era como se de repente tivesse sido jogada em outro mundo. Deve ser a mesma sensação que se tem ao se sonhar algo realista demais.

Apesar disso, Kozue foi, pouco a pouco, recuperando o senso de si. Era como se levantar de manhã e despertar de forma gradual. Ela não havia perdido a memória por completo, mas parecia que tinha esquecido como acessá-las e estivesse confusa.

Ao olhar para o próprio corpo, viu que vestia o uniforme escolar. Um blazer cinza sem graça. Não gostava muito dele desde a primeira vez que o vira. Por alguma razão, parecia que fazia muito tempo desde a última vez que ela o colocara.

Decidiu não pensar muito nisso e olhou ao redor. Observou a construção do outro lado da cerejeira de ramos pendentes. Era uma casa antiga de madeira com um cata-vento de bronze em forma de galo no topo do telhado, enchendo o peito ao máximo e emitindo um canto silencioso, anunciando a manhã.

Ao voltar o olhar para os pés, notou que um caminho se estendia de onde ela estava até a entrada da construção. O caminho estava coberto de pétalas de flores de cerejeira, com tonalidades diversas. Parecia ser algum tipo de loja, já que havia uma placa à porta. Quando Kozue tentou ler o que estava escrito ali, a porta se abriu com grande impulso e uma garota surgiu de dentro, segurando uma pá e uma vassoura. Ela usava um vestido jardineira vinho e uma camisa branca.

Kozue sentiu uma estranheza naquele momento. De início, pensou que estava diante de um espelho, como quando estava se penteando no lavatório de manhã. Sua intuição dizia que não havia como ela ser uma desconhecida.

Ao mesmo tempo, tinha certeza de que não era ela mesma. Parecia ser um pouco mais velha. Além disso, a roupa dela lhe era familiar, talvez...

— Ah...

Mas a garota falou primeiro, depois de observar Kozue da cabeça aos pés. Ela abriu um sorriso radiante.

— Ah, que bom! Você veio, finalmente!

A garota largou a vassoura e a pá que segurava e correu, esvoaçando as pétalas no chão. Ela estendeu os braços, pegou as mãos de Kozue e balançou-os para cima e para baixo vigorosamente. Kozue a observava de perto, e dava para ver como elas se pareciam.

— Estava esperando por você. Por muito, muito tempo. Nada pode começar sem você vir aqui.

— Hein? Como assim?

Por fim, conseguiu falar. Felizmente, sua garganta também funcionava naquele lugar. E a voz que ecoou em seus ouvidos soava tão parecida com a sua que, por um instante, ela não soube dizer quem tinha falado.

— Eu já estava cansada de esperar, viu. Você também, não é, Kobako?

Tentando deixar de lado a inquietação ao ouvir o nome "Kobako", Kozue se virou para a entrada do lugar. Então, do vão da porta que havia deixado aberta, apareceu uma gata, se movendo com passos serenos. Uma gata tricolor de pelos longos. Assim que viu Kozue, a gata veio até os pés dela e começou a esfregar a cabeça logo abaixo do joelho. Ela tinha certa força, talvez pelo porte um tanto grande para uma gata, a ponto de quase desestabilizar Kozue, que precisou enrijecer as pernas.

Desde o início, em algum canto da mente, ela achava que aquilo era um sonho. Mas a voz da garota e o calor do corpo da gata eram estranhamente reais. E, mesmo que fosse um sonho, ela tinha que admitir: seu humor havia melhorado ao ser tão bem recebida. Mas a dúvida permanecia.

Foi nesse momento que finalmente conseguiu ler os caracteres escritos na placa da entrada com giz branco e vermelho: SAKURA.

Eu sabia, pensou ela. Mas o que exatamente ela "sabia" não lhe parecia claro naquele momento.

Sakura era o nome da mãe dela, de quem quase já não se lembrava.

* * *

A mãe de Kozue foi dada como desaparecida quando ela tinha 5 anos, e até mesmo isso foi algo que lhe contaram depois, algo que foi ouvido dos outros. Kozue era tão pequena na época que não guardava nenhuma recordação de como se sentira quando a pessoa que amava lhe foi tirada de repente.

Como a perdera justamente quando começava a tomar consciência do mundo, a imagem que fazia da mãe foi moldada pela fotografia no escritório do pai. Na foto, a mãe usava um vestido jardineira vinho sobre uma camisa branca e tinha uma grande gata tricolor nos braços. A gata não parecia muito feliz, talvez porque tivesse sido pega no colo contra a vontade. Ainda assim, as quatro patas estavam relaxadas, mostrando que se sentia segura.

Kozue depois ficou sabendo que a gata tricolor era o animal de estimação da mãe e que se chamava Koubako. Parece que ela chamava Koubako de "Kobako", omitindo o "u". De acordo com o pai, Kobako desde o começo agia como se fosse a irmã mais velha de Kozue. E, se pedissem para que a gata olhasse Kozue por algum tempo, Kobako ia para um canto onde pudesse observar o berço e se acomodava na posição de pão de forma.

Outra foto com a qual Kozue estava familiarizada era a da mãe segurando-a no colo, ainda recém-nascida. Ela frequentemente desejava poder lembrar quando e onde a foto havia sido tirada, mesmo sabendo que era pedir demais a uma bebê.

Ao se olhar na foto, com o rostinho todo amassado e o pescoço mole, não conseguiu dizer se havia puxado ao pai ou à mãe. De qualquer forma, quando estava começando o fundamental II, sempre ouvia dos parentes que estava ficando a cara da mãe. Nessas horas, o pai muitas vezes assumia uma expressão que não era nem feliz nem triste.

Kozue quase não se lembrava da voz da mãe. O que sabia era que a mãe amava livros tanto quanto o pai. Outras coisas de que ela gostava eram gatos, claro, e "Bolero", de Ravel. E talvez fosse óbvio, mas diziam também que ela amava as flores de cerejeira, de onde veio o nome dela.

Essas coisas lhe foram contadas pelo pai em momentos oportunos. Parecia que ele vinha se recuperando, ainda que de forma gradual, a ponto de conseguir falar da esposa para Kozue. À medida que a filha crescia, ele ia sufocando a tristeza.

Como sabia que o pai se esforçava para conter as emoções, Kozue fingia não perceber. E, assim, mesmo ouvindo os outros adultos comentarem sobre os dias mais sombrios que o pai enfrentara, ela nunca conseguiu compreender o que ele de fato havia vivido.

* * *

Atrás da placa, a porta permanecia aberta. O aroma de café escapava dali de dentro, assim como a música, que lhe era familiar. A melodia distinta era marcante mas sem ser impositiva — Kozue talvez a chamasse de majestosa, embora essa não fosse exatamente a palavra. Na verdade, não teria como se confundir. Era "Bolero", de Ravel. A música que disseram que a mãe adorava. Depois de saber disso, passou a ouvi-la sem parar.

— Vem, entra. Preciso que você dê uma boa olhada lá dentro. Posso servir café, e tem muitos livros para ver.

A garota estava empolgada, mas Kozue ainda não tinha conseguido entender o que estava acontecendo. Ainda assim, concordou com um meneio de cabeça, e a gata a empurrou pelas pernas como que para fazê-la entrar. Kozue deixou-se levar e seguiu o que a garota sugeria, passando pela placa com o nome da mãe e entrando.

— Com licença.

O interior da loja era bastante peculiar. Parecia uma cafeteria, mas, como ela havia acabado de dizer, havia livros por toda parte, nas inúmeras estantes nas paredes ou nas mesas. O lugar era tão densamente mobiliado que parecia uma pousada antiga que foi fazendo expansões improvisadas conforme a necessidade. Os ramos de cerejeira em vasos solitários tornavam aquele labirinto ainda mais complexo.

— Fique à vontade.

A mesa que lhe foi indicada tinha a placa de RESERVADO. Kozue se sentou, e a garota pôs o porta-copos e o guardanapo. Em seguida, a gata pulou na mesa, sentou-se em um espaço vazio, dobrou as patas dianteiras sob o corpo de forma hábil e se acomodou em uma bela posição de pão de forma. Tudo foi feito com fluidez e perfeição, como se fosse um procedimento costumeiro.

— Observe tudo com atenção, até os mínimos detalhes — pediu a garota, sorrindo.

— Quê?

Mas a garota não pareceu se importar com a pergunta. Preparou o café agilmente, trouxe até a mesa, puxou a cadeira do outro lado e se sentou. Mais uma vez, Kozue teve a impressão de estar se olhando no espelho. Enquanto Kozue estava rígida pelo nervosismo, a garota parecia estar completamente relaxada, sentada com os cotovelos apoiados na mesa e o queixo pousado de leve nos dedos entrelaçados.

— Eu desejei falar com você assim, por todo esse tempo. Sempre acreditei que viria um dia — declarou a garota.

Não era o tipo de coisa que Kozue esperava ouvir de alguém que acabara de conhecer. Ainda assim, não soava errado. Talvez porque seus rostos fossem quase idênticos. Parecia até que aquilo era algo que a própria Kozue, no fundo, desejava.

— Você também gosta do Kenji, então?

Ao ouvir essa pergunta, Kozue percebeu que tinha um livro em mãos. Era *A primavera e o caos*, de Kenji Miyazawa, que ela tinha pegado da biblioteca do pai.

— Hum? — Kozue deixou escapar, um pouco confusa.

Nem tinha notado que estava com um livro na mão, mas também não parecia que ele tinha surgido ali de repente. Kozue levantou o olhar, ainda um pouco perdida, e a garota sorriu de novo, de um jeito travesso.

— Esqueceu, é? Você conseguiu vir aqui porque estava lendo esse livro, e foi isso que abriu o portal. A condição para que pessoas do outro lado sejam convidadas a vir para cá é que estejam lendo a mesma parte do mesmo livro que eu, ao mesmo tempo, no mesmo dia, na mesma estação, em um dia de sol, sob uma cerejeira em plena floração.

— É mesmo?

Ao ouvir a explicação, Kozue lembrou que de fato estava lendo aquele livro antes de acordar ali.

— Vou dizer mais uma vez, então trate de memorizar. Deve-se ler a mesma parte do mesmo livro que eu, ao mesmo tempo, no mesmo dia, na mesma estação, em um dia de sol, sob uma cerejeira em plena floração.

As palavras repetidas pela garota eram como algum tipo de feitiço. Quando Kozue foi ao escritório do pai, ele tinha acabado de tirar o livro da estante que normalmente ficava fechada. *Papai e eu lemos juntos, enquanto olhávamos as flores de cerejeira lá fora. Só pode ter sido isso.*

Teria sido isso mesmo?

Desconcertada, Kozue tentava escolher bem as palavras para responder adequadamente à primeira pergunta da garota.

— Não sei se posso dizer que gosto desse livro, mas meu pai sempre diz que o único escritor de todos os tempos que conseguiu usar o idioma japonês dessa forma é Kenji Miyazawa. Só que eu ainda não faço ideia do que isso significa, e fico lendo as obras dele porque quero entender.

— E o que você acha?

— É admirável, impressionante... Entendo e não entendo ao mesmo tempo, e não entendo, mas entendo. Há algo que me faz sentir algo profundo, mas não consigo expressar o que é, ainda hoje.

— É, dá para sentir que alguma coisa mexe com o coração ao ler. Mas não dá para explicar que coisa é essa, só que você sente isso toda vez que lê os livros dele.

— É, é isso mesmo.

Kozue ficou feliz ao ver que as duas pensavam da mesma forma e acabou se curvando um pouco para se aproximar dela. Então, a garota levou a mão à boca, cerrou o punho e pigarreou levemente.

— Não há tantos escritores que possam ser tão bem descritos como únicos como Kenji Miyazawa. Contudo, ele só conseguiu publicar dois títulos, *A primavera e o caos* e *Chuumon no ooi Ryoriten* [O restaurante de muitos pedidos], ambos como autopublicação.

— É mesmo?

A garota assentiu.

— Por isso, as obras dele quase foram perdidas no tempo. Mas Kenji havia confiado todos os manuscritos ao irmão antes de morrer, provavelmente por ter sentido que a morte estava próxima. Depois que faleceu, as pessoas que se emocionaram com *A primavera e o caos* vieram visitar o irmão dele de locais longínquos, e iniciou-se o processo de publicação das obras completas do autor. Foi assim que a obra-prima dele, *Viagem noturna no trem da Via Láctea*, e o famoso *Ame ni mo makezu* [Não se deixe abater pela chuva] viram a luz do dia.

Kozue se inclinou mais sobre a mesa para ouvir o que a jovem dizia. A gata observava a cena com um olhar atento, como se estivesse tomando conta da garota, que continuou:

— Kenji era do tipo que revisava o próprio texto diversas vezes, e não era raro acabar não sabendo qual era o manuscrito final. Além disso, houve manuscritos que foram parcialmente perdidos por causa de pequenos incêndios, como contos cujas partes iniciais nunca foram encontradas. Portanto, o fato de podermos ler as obras de Kenji Miyazawa é quase como um milagre que superou todos esses obstáculos. O poder da rede de palavras que Kenji teceu comoveu as pessoas mesmo depois de ele partir deste mundo.

A garota semicerrou os olhos. Aquela expressão cheia de afeto pegou Kozue de surpresa. Ela sentiu algo parecido com nostalgia.

— O que é ainda mais surpreendente é o fato de que os manuscritos dele ganharam o mundo, e as palavras que ele criou, como "*ihatovu*", que representa a terra natal ideal, e "Trem da Via Láctea" se enraizaram na língua. Essas palavras não representam algo concreto, mas muitas pessoas as conhecem ainda hoje e compartilham o significado delas. E é assim que elas se perpetuam pelos anos.

Então, a garota olhou diretamente para Kozue, séria:

— A nossa existência agora é bem parecida com isso. Eu e Kobako estamos aqui, mas não existimos de fato. Só que isso não muda o fato de termos uma presença e, por isso, posso até falar com você, como agora.

O tom de voz dela ficou ainda mais firme.

— E é com você que está a chave. Você é o começo de tudo. Precisamos da sua ajuda, Kozue.

A gata, ainda deitada, ergueu a cabeça e miou, como se concordasse. Kozue nem teve tempo de estranhar aquilo, apenas aceitou o fato de que o próprio nome tinha saído da boca da garota sem explicação prévia. Foi então que Kozue sentiu que finalmente havia chegado o momento de perguntar algo que a intrigava desde o início daquele encontro.

— Ah, você pode me dizer onde estou? Isso aqui é um sonho? E você, será que é... a minha mãe?

Uma brisa soprou repentinamente e movimentou os ramos de cerejeira que decoravam diversos pontos do estabelecimento. Ou talvez tivesse movido o mundo onde a garota e a gata viviam.

* * *

Foi em um dia de primavera, ainda frio, que a mãe de Kozue desapareceu com sua gata de estimação, Koubako. Foi à tarde. Houve um sismo na terra, e o mar se agitou.

Naquele dia, a mãe dela saíra para levar a gata no hospital veterinário da cidade, e acreditava-se que ela estava dirigindo pela estrada à beira-mar quando tudo aconteceu. Nunca mais conseguiram falar com ela. Era quase certo que o carro dela havia sido engolido pelas ondas violentas, mas isso não significava que familiares e as outras pessoas que a amavam conseguiriam aceitar esse fato.

O pai de Kozue, que ganhava a vida como escritor, não conseguira escrever nada desde então.

Tudo começou porque o pai decidiu se mudar para a região nordeste do Japão, já que pretendia escrever um livro sobre Kenji Miyazawa. Ele estava animado com a ideia de passar um tempo respirando o mesmo ar que o autor respirara. A mãe de Kozue, Sakura, não gostou muito da ideia, até porque a filha ainda era pequena, mas o pai insistiu até conseguir.

A decisão, porém, acabou em tragédia, e o pai nunca se perdoou. Incapaz de se sentar à escrivaninha, ele praticamente se afastou da escrita.

Ainda assim, de vez em quando, pessoas de editoras vinham de Tóquio até a casa de Kozue e do pai. Elas realmente gostavam do que o pai escrevia, e, de alguma forma, a garota entendia isso. Foi só recentemente que ela, por meio de conversas com essas pessoas e com alguns poucos parentes que lhe restavam, conseguiu juntar as peças e entender melhor a história da mãe.

* * *

E você, será que é... a minha mãe?

Mais uma vez, Kozue olhou bem para a garota. Pelo que vira na fotografia da mãe, imaginava que talvez fosse assim que ela era na juventude. Em um futuro não tão distante, se dissessem que aquela era a própria Kozue, não estranharia. Uma sombra de tristeza percorreu o rosto da garota por um instante.

— Responder à sua pergunta é... na verdade, muito difícil. — Ela coçou a cabeça, meio sem jeito. — Você já está na idade de conseguir entender o que o seu pai faz... Quer dizer, você já sabe, não sabe?

Kozue assentiu.

— Meu pai escreve romances. Ele disse que foi por causa de Kenji Miyazawa que começou a escrever. — Kozue encostou a mão na boca e continuou: — Mas talvez seja mais certo dizer que ele costumava escrever. Acho que agora está usando o dinheiro que tinha guardado para nos sustentar.

— Vocês conversam sobre isso?

— Não, ele não chega a falar dessas coisas, mas eu consigo perceber.

— As finanças preocupam, não é?

— Tem isso também, mas é que... — Pensativa, Kozue novamente encostou os dedos na boca. Só depois percebeu que a garota fazia um gesto muito parecido. — É que eu simplesmente gosto dos livros do meu pai. A história vai se desenvolvendo sem sobressaltos, de maneira até calma, mas chega um momento em que ela me faz sentir como se meus pés estivessem no ar, e acho isso demais. Então, como leitora, eu penso: *Quero ler novas obras desse autor*. Especialmente porque não é algo impossível. Queria que tivesse algo que eu pudesse fazer.

Kozue falou tudo de uma vez só, e a garota sorriu, contente.

— Que demais. Você lê os livros dele com minúcia. Fale para ele também. Com certeza ele vai ficar feliz.

— Hum...

Eu nunca diria algo desse tipo, ficaria muito constrangida, pensou Kozue.

— Mas esses livros não são muito difíceis para uma adolescente?

— São, mas são bem mais fáceis de entender dos que os de Kenji Miyazawa.

— Será que seu pai ficaria feliz de saber? Ou ficaria chateado?

Kozue inclinou a cabeça para o lado, pensando um pouco, e respondeu:

— Provavelmente os dois, acho.

— Também acho.

As duas riram juntas, ao mesmo tempo, e Kozue sentiu no fundo da alma que a pessoa à sua frente conhecia as obras do pai tão bem quanto ela. Isso a deixava feliz.

— É, por ora, estou bastante satisfeita. Kobako, será que isso é só uma autossatisfação narcisista? O que você acha?

A garota se virou para a gata. Kozue inclinou a cabeça, e a garota, talvez percebendo sua confusão, se voltou para ela com um olhar afetuoso.

— Não se preocupe. O novo livro de Kazuhiko Tonami vai ser publicado em breve. Fique tranquila.

— É mesmo? Mas como você sabe?

— A maior prova disso é que eu e essa gata estamos aqui.

A gata deu um miado logo depois, como se estivesse dando sua opinião.

— O novo livro do seu pai vai sair antes de você se tornar adulta, sem falta, e terá se tornado um sucesso até lá. O escritor Kazuhiko Tonami criará uma personagem inspirada na falecida esposa, que será a protagonista do livro intitulado *Mise no na wa Sakura* [A loja se chama Sakura]. Só que a personagem é inspirada também, em grande parte, na filha — ou seja, você. É por isso que a minha existência é, ao mesmo tempo, a da sua mãe e a sua. Acho que não consegui explicar muito bem, mas é isso.

Diante do choque de Kozue, a garota semicerrou os olhos com ternura. Ah. Era a expressão que as mães só faziam para os filhos. Era por isso que Kozue se sentia nostálgica ao interagir com a pessoa à sua frente.

— E, com a publicação do livro, eu e ela poderemos existir aqui. Não é uma metáfora. As palavras tecidas pelo seu pai fizeram com que o tempo passasse a fluir neste espaço. Mas, claro, o tempo aqui flui de uma maneira completamente diferente do que você conhece. Não é a realidade, de maneira alguma, mas é um mundo que está colado bem do avesso. Acho que você pode interpretar dessa forma. O importante é que as palavras de seu pai darão um espaço a mim e a Kobako.

Assim, ela cerrou o punho de leve, levou-o à boca e simulou um pigarro curto.

— Em outras palavras, este é um exemplo de que a imaginação das pessoas às vezes exerce poder sobre a realidade, e às vezes supera até os limites do que entendemos como nossa imaginação.

Ela franziu o cenho, e a gata suspirou.

— Só que o seu pai, apesar de ter recomeçado a escrever com muito custo, acabou parando de novo. Entendo a situação dele, mas assim fica complicado.

Kozue não sabia disso. O pai praticamente não falava de trabalho com ela.

— Por isso, eu queria que você falasse para ele que eu e Kobako precisamos que ele se recomponha e siga em frente. Caso contrário, a gente vai continuar sem poder recebê-la direito aqui. Estou esperando há muito tempo.

— Hein? Não entendi.

— É que, se ficar como está, a gente vai continuar sem poder existir. Então, eu convidei você aqui para nos dar uma chance.

A gata respondeu ronronando.

Kozue tentou organizar as ideias, então falou:

— Mas se o manuscrito do meu pai está parado e, por isso, você não pode existir, como a situação atual é possível? Significaria que eu fui convidada por você, que, na verdade, não existe. Isso seria uma contradição ou a inversão da causa e efeito, ou algo assim... mas, para começar, nem sei se posso aceitar a premissa de que vocês podem existir se o manuscrito do meu pai existir.

Era como se Kozue tivesse entrado em um labirinto criado pelas próprias palavras. Quanto mais falava, mais confusa ficava. A garota levantou o dedo e balançou a cabeça. Era como o gesto de um detetive experiente que aponta erros na história de alguém.

— Como eu disse antes, o fluxo do tempo aqui não é o mesmo que no seu mundo. Às vezes, as coisas dão voltas ou se revertem, e, por vezes, as coisas que pareciam estar na frente podem estar passando no avesso. Você deve estar pensando no fluxo do tempo que temos aqui dando voltas e indo no sentido reverso, sendo que você nunca "viu" o fluxo do tempo. E esse é o poder da nossa imaginação. Pode-se dizer que essas voltas do tempo só são possíveis porque alguém as imagina. As palavras e a imaginação são poderosas a esse ponto.

A explicação da garota foi ganhando mais camadas.

— Outro exemplo é o fato de que, enquanto estamos aqui, centenas de milhões de pessoas em todo o mundo tentam desvendar o que é um "paradoxo temporal", elaborando inúmeras teorias, sendo que ninguém chegou de fato a vivenciar um. É por isso que eu me pergunto: será que esse "paradoxo do tempo" sobre o qual todos falam existe mesmo? E é isso que significa a existência sem concretude.

A garota, cujos olhos brilhavam, de repente ficou com uma expressão séria e introspectiva. Ela levou o punho à boca e simulou um pigarro. Dessa vez, parecia que ela fazia isso porque estava encabulada e queria disfarçar.

— Bem, hum, enfim. É por isso que eu e Kobako podemos ficar aqui. Primeiro, seu pai terminará nossa história. Quando for publicada e for lida por muitas pessoas, e uma imagem for criada em cada mente, este estabelecimento poderá existir aqui. E ela existe porque fica aqui, e só pode existir por estar aqui.

O que ela dizia parecia fazer sentido, mas Kozue continuava sem entender. A fala da garota parecia ter certo tom de urgência, e ela sentia que não podia ignorar só porque não entendia, então Kozue assentiu, o que fez a garota sorrir.

— Você conseguiu entender? É isso, aqui é um lugar assim. E é por isso que existem algumas condições que precisam ser cumpridas para viajar de um lado para outro, entre o seu mundo e o nosso. Quero que seu pai escreva esses detalhes todos no livro. — Ela se empertigou e continuou: — A condição para que pessoas do seu mundo sejam convidadas a vir para cá é ler a mesma parte do mesmo livro que eu, ao mesmo tempo, no mesmo dia, na mesma estação, em um dia de sol, sob uma cerejeira em plena floração. Fale isso para ele, sem falta.

Kozue aquiesceu, assimilando o que a garota dizia. Sentia que precisava fazer o que era pedido. A garota parecia estar aliviada.

— Só que, na verdade, quem escolhe os livros é ela. E, uma vez que ela escolhe o livro, eu leio um trecho que me parece bom. E, quando acontece de alguém no mundo de vocês abrir o mesmo livro e ler o mesmo trecho, o portal se abre. É como se diz desde sempre: livros são um portal para um mundo desconhecido.

Kozue inclinou um pouco a cabeça, pensativa.

— Então, se o livro do meu pai for publicado e, depois que isso acontecer, eu estiver lendo um livro, e você estiver com o mesmo livro aberto, significa que eu vou poder vir aqui de novo?

A garota imitou o gesto de Kozue.

— Aí eu já não sei. Sinto muito, mas não posso dar certeza. Milagres também são caprichosos.

A garota lançou o olhar para a gata ao seu lado.

— É com você que deve estar a chave disso tudo, não é, Kobako?

A gata, no entanto, se virou para o lado oposto. A garota suspirou.

— Para ser sincera, eu também não sei bem a verdadeira identidade dela. Mas se no futuro você se encontrar em uma situação em que precise de um milagre, e por acaso abrir o mesmo livro que eu, ao mesmo tempo, talvez a porta se abra novamente. Acho que Kobako faria isso por você.

A garota semicerrou os olhos e prosseguiu:

— Só que você já deve ter percebido que as pessoas podem fazer milagres também. É exatamente isso que aconteceu com os manuscritos póstumos de Kenji Miyazawa. É aterrorizante imaginar que as palavras dele poderiam ter ficado perdidas em um armazém ou dentro de uma bolsa em um baú. Se isso tivesse acontecido, não é exagero dizer que o mundo poderia ter se tornado algo completamente diferente do que é agora. Alguns filmes famosos poderiam não ter sido feitos, e seu pai poderia não ter se tornado um escritor. E isso significa que você talvez pudesse não ter nascido.

Talvez seja isso mesmo. Talvez tenham sido as palavras do autor que uniram meu pai e minha mãe, em um passado que desconheço. Mesmo que não fosse essa a causa direta, é provável que tenha tido alguma influência na relação dos dois. Falando nisso, nunca ouvi como foi que eles começaram a namorar. Quero ouvir isso do meu pai algum dia. Quando ele sentir que consegue, claro. Espero que esse dia chegue...

Até o simples fato de você estar viva é um tipo de milagre.

De algum modo, essas palavras se formaram na mente de Kozue. Ela pensou que a garota houvesse dito aquilo, mas parecia que não. Ao observar os arredores, o olhar de Kozue encontrou o da gata, e ela sentiu como se aquilo já tivesse acontecido havia muito tempo. Como se aqueles dois olhos redondos a tivessem observado, conversado com ela, quando era só um bebê no berço. A gata pareceu assentir para ela, mas talvez isso fosse só coisa da imaginação de Kozue. A gata em posição de pão de forma deu um bocejinho.

— Acho que está na hora de fazermos o nosso trabalho.

Quando a garota subitamente se levantou, a gata, como se estivesse esperando por aquelas palavras, fez o mesmo. No entanto, as duas funcionárias daquela loja peculiar se viraram para Kozue e a encararam fixamente, como se quisessem gravá-la na memória. Por fim, a garota se aproximou e pousou a mão no rosto de Kozue.

— Sobre o que eu disse antes... eu também quero encontrar você de novo, então não se esqueça, viu? Tudo pronto, Kobako? Hora de entrar em ação.

Ainda confusa, Kozue perguntou:

— Entrar em ação...?

A expressão da garota, por alguma razão, se tornou presunçosa.

— É. A gente espalha milagres. Temos muitos livros e também servimos café, mas o nosso negócio principal é fornecer milagres de forma coercitiva. Uma vez nos disseram que nunca ouviram falar de alguém que empurra coisas para as pessoas ter um estabelecimento fixo, mas não há outra forma, porque precisa ser neste lugar, e com ela junto de mim.

A garota olhou para a gata, que concordou — ou assim pareceu.

— Você vai sentir um pouco de tontura, mas não é nada de mais.

Quando a garota terminou de falar, Kobako soltou um miado levemente arrastado. Então, de repente, Kozue sentiu como se alguém enfiasse a mão entre seus pulmões e o estômago e retorcesse tudo. *Que raios é isso...? "Nada de mais" uma ova.* Kozue olhou em volta em busca da garota. Queria reclamar com ela.

Então, alguém segurou sua mão. O calor transmitido abrandou tudo. Ela teve a impressão de que a voz da garota, mais distante, sussurrara em seu ouvido: "Cuide bem do papai".

Mas a visão de Kozue tinha se distorcido por completo. A loja, a garota e o gato haviam sumido. O mundo à sua frente se mesclava como espirais de massinha colorida, lembrando a cena criada pela cerejeira chorosa.

* * *

Quando percebeu, Kozue estava no escritório do pai. Ele olhava fixamente para a superfície da escrivaninha. Talvez seu olhar estivesse voltado não para o papel em branco, mas para a imagem da mulher e da gata, imóveis no porta-retrato. Prova disso era que suas mãos não se moviam.

Kozue estava de pé atrás dele. A cabeça do pai estava logo à frente, e ela chegava a sentir o cheiro de seu gel de cabelo. Antes que pudesse apreender toda a cena, os ombros do pai se contraíram, e ele sentiu a presença da filha.

— Ah, Kozue? O que foi? Desde quando você está aí? — perguntou ele, se virando para ela.

Kozue inclinou a cabeça e respondeu:

— Eu achei que estava lendo *A primavera e o caos* com você.

O pai pareceu confuso, então Kozue precisou pensar rápido. *Será que apareci aqui de repente?, Talvez só tenha sido lançada de volta pra cá, do mesmo modo que surgi na frente daquela loja.* Se sim, não haveria nenhuma explicação que possa fazer sentido. Respirando fundo, ela reuniu coragem para lhe contar tudo de que se lembrava.

— Pai, hum... acho que acabei de ver a mamãe.

Dessa vez o pai girou a cadeira por completo e encarou a filha com um olhar duro e consternado. Mas Kozue não se deixou intimidar, e descreveu para ele os moradores e o local que acabara de visitar. As palavras fluíram naturalmente, visto que as lembranças ainda estavam frescas. *Cheguei a pensar que aquela garota estava controlando a minha fala. Não estranharia se estivéssemos ligadas de tal forma.*

Ela também falou das condições necessárias para o mundo deles e o delas se conectarem: ler a mesma parte do mesmo livro que ela, ao mesmo tempo, no mesmo dia, na mesma estação, em um dia de sol, sob uma cerejeira em plena floração.

O pai, que ouviu até o final sem interromper, só disse que tinha entendido e ficou pensando por um tempo com os braços cruzados. Então, ele pegou uma página do manuscrito de seu livro na gaveta e entregou a Kozue, pedindo para a filha ler. O papel continha apenas algumas linhas escritas à mão.

> A loja ficava em um local indefinido no mundo.
>
> Na frente dele havia um pé de cerejeira peculiar.
>
> As flores eram de todos os tons possíveis entre o branco e o vermelho.
>
> Quando uma rajada de vento passava pelas flores, elas se misturavam e se separavam novamente, criando por vezes um redemoinho de cores.

Ao terminar a leitura, Kozue levantou os olhos e viu o pai sorrindo, sem jeito.

— Foi essa a paisagem que você viu?

Kozue assentiu, e o pai soltou um suspiro longo como ela nunca ouvira.

— Escrevi isso há muitos anos, mas agora está parado. Eu me inspirei em uma conversa fantasiosa que tive com

Sakura, sua mãe, quando éramos mais novos. Costumávamos comentar que seria legal podermos ter algum estabelecimento cheios dos livros que amávamos, onde pudéssemos também servir café.

Ele, então, balançou a cabeça, calado. O gesto era doloroso até para Kozue.

— Ela dizia também que não poderia faltar um pé de cerejeira em frente ao estabelecimento. Ultimamente, tenho conseguido me lembrar dessas coisas. Deve ser porque o tempo passou. Por isso, quis dar forma ao sonho da sua mãe do jeito que estivesse ao meu alcance. Mas escrevi apenas esse trecho e não me senti à vontade para continuar. Senti que havia ultrapassado um limite, feito algo que não devia.

Kozue conseguia imaginar o motivo para o pai não conseguir escrever. Para ele, talvez continuar a escrever significasse admitir a morte da esposa. Ele provavelmente sabia disso, mas não queria admitir com todas as letras.

Mas será que isso não estaria impedindo-o de seguir em frente? Além disso, se a história não fosse concluída, a garota, a gata e o estabelecimento em si não poderiam existir — se o que a garota havia dito fosse verdade, claro. Mas Kozue sentia que podia confiar nela.

Preciso fazer alguma coisa. Aquela garota... a minha mãe que vive dentro dela confiou em mim para isso.

Com isso em mente, ela disse ao pai:

— Pai, eu quero muito ler a continuação. Talvez você não saiba, mas eu li muitos dos seus livros e sou sua fã. E... — Ela hesitou, mas continuou: — Tenho certeza de que a mamãe e essa gata chamada Kobako estão esperando ansiosamente. Acho que elas estão esperando aquele lugar ficar pronto há muito tempo.

O pai arregalou um pouco os olhos e então encarou a filha com uma expressão intrigada. Por fim, desviou o olhar e murmurou:

— É, talvez seja isso mesmo.

Daquele dia em diante, ele passou a chamar Kozue no escritório com mais frequência, pedindo que contasse sobre aquele lugar mais uma vez. Ela falou sobre os gestos da garota, a pelagem da gata, os títulos que havia ali e tudo o que conseguia lembrar. O que mais despertou interesse nele foi a cerejeira de ramos pendentes do lado de fora.

— É, as cores se misturavam mesmo sem vento algum e era muito bonito. Mas as pétalas individuais eram... como se diz, monocromáticas? Cada uma caída no chão tinha uma coloração uniforme.

Por fim, desviou o olhar e murmurou:

— Hum.

— A garota não disse isso, mas eu tive a impressão de que aquela árvore controlava o fluxo de tempo daquele lugar. Tem algo de místico nela. Quase parei de respirar ao vê-la.

— Faz sentido. Pode ser isso mesmo.

De vez em quando, Kozue tentava imitar o jeito de falar da garota. E, toda vez que fazia isso, um misto de sentimentos contraditórios parecia atravessar o rosto do pai, certamente porque se lembrava da mãe dela. Quanto a Kozue, aquilo a fez perceber que era dessa forma que a sua imagem e da mãe se mesclaria, exatamente como a garota tinha explicado.

Ainda assim, por algum motivo, nem o pai nem Kozue chegaram a chamar esse mundo visitado de "sonho". Meses depois, o pai lhe entregou um manuscrito.

A loja ficava em um local indefinido no mundo.

Na frente dele havia um pé de cerejeira peculiar.

As flores eram de todos os tons possíveis entre o branco e o vermelho.

Quando uma rajada de vento passava pelas flores, elas se misturavam e se separavam novamente, criando por vezes um redemoinho de cores. A árvore pulsava como se estivesse viva. Talvez fosse assim que ela criasse o fluxo do tempo naquele lugar.

Ou talvez fosse obra dos deuses. Mas aquele lugar existia em um mundo além da nossa compreensão — onde ninguém podia conhecer a verdade.

Ali, uma gata e uma garota levavam uma vida tranquila.

A garota quase sempre tinha um livro em mãos.

De tempos em tempos, ela o abria e algum trecho lhe chamava a atenção, então ela o lia em voz baixa para a gata.

"Mais intensos que o ressoar dos sinos do meio-dia
Fragmentos âmbar se espalham, e nesse momento
Sinto mais forte o amargor da minha ira..."

O mundo em que o estabelecimento existia estava "sob a luz da atmosfera de abril".

Só existe um jeito de chegar lá.

Deve-se ler o mesmo trecho do mesmo livro que a garota, ao mesmo tempo, no mesmo dia, na mesma estação. E também deve ser um dia de sol, sob as cerejeiras em plena floração.

Após essas linhas iniciais, vinham várias histórias, cada uma com a protagonista Sakura e os eventos estranhos que ela oferecia aos visitantes em sua loja. O pai deu ao livro o título de *A loja se chama Sakura*. Para Kozue, parecia que essa era a forma dele de expressar a vida que desejava para a mãe dela: que pudesse passar o tempo dela com a gata de estimação, em um estabelecimento que levava o nome dela, cercada do que mais lhe agradava.

A editora, após a leitura do manuscrito completo, sugeriu que a obra fosse publicada com ilustrações grandes, como se fosse um livro ilustrado. O pai de Kozue ficou encantando. A ideia foi levada adiante, e ele logo recebeu a notícia de que haviam encontrado alguém que gostaria muito de trabalhar na obra. Já na época de mudança da estação, as ilustrações haviam ficado prontas, e o pai recebeu uma cópia, impressa a cores.

Ele pareceu ter gostado muito das ilustrações estilo aquarela, mas foi Kozue que ficou realmente impressionada. A coloração das flores de cerejeira, o caminho, o interior do estabelecimento, a disposição dos objetos e até mesmo a tonalidade do vestido da garota eram exatamente como ela se recordava. O ponto decisivo foram as cores da pelagem da gata. Embora o texto a descrevesse somente como gata tricolor, a orelha da direita era preta, a esquerda, marrom, a parte do ombro direito até o peito era toda branca e a distribuição das três cores como um todo estava igualzinha à da gata que ela havia encontrado.

A conclusão óbvia era que o pai tinha mostrado à pessoa que faria as ilustrações uma foto da mãe de Kozue e de Kobako como referência, assim como descrições do interior do estabelecimento que ele criara com base no que a filha lhe contara. Mas Kozue não perguntou nada a ele. Talvez porque sentia que a garota diria: "Viu só? Pessoas fazendo milagres é algo mais comum do que você pensa". E parte dela queria mesmo acreditar que aquilo fora um tipo de milagre.

A estação era novamente primavera quando, após ser concluído o trabalho de edição de *A loja se chama Sakura*, com ilustrações coloridas, o livro foi impresso, encadernado e exposto nas livrarias. Não demorou para que a obra fizesse sucesso e recebesse elogios como: "Uma obra que enche o coração de afeto e efemeridade ao mesmo tempo", "As ilustrações combinam perfeitamente com o tom da narrativa e me fazem sentir um calor no peito". Essas palavras deixavam Kozue feliz.

Os anos se passaram, e o livro foi ganhando reimpressões sucessivamente, como se acompanhasse o crescimento de Kozue. Recentemente o pai tinha até recebido propostas de publicação em outros idiomas e países. Essas notícias faziam Kozue imaginar a garota falando em um idioma diferente, de um país diferente, e lhe causavam uma estranha sensação. A ideia de que Kobako miaria igual em qualquer país intensificava esse sentimento. O livro ser amplamente publicado reforçaria a existência da mãe e da gata. Disso, Kozue tinha certeza.

A primavera se tornou uma estação especial para ela e para o pai, assim como para outras pessoas. Por trás da alegria de ver as cerejeiras em flor com o pai, havia sempre o pensamento de que nunca poderia ver a paisagem com a mãe, acompanhado de um sentimento que se assemelhava com frustração ou arrependimento, geralmente ambos. Isso talvez não mudasse até o fim da vida dela.

Infelizmente, aquela foi a única vez que pôde visitar o estabelecimento da garota e da gata. Aquilo nunca mais aconteceu, por mais vezes que abrisse *A primavera e o caos*. Kozue tentou muitas vezes, com mais esperança na época da floração das cerejeiras, mas não funcionou.

Será que eu deveria escolher um livro diferente da segunda vez? Ela chegou até a pensar nessa possibilidade, abrindo a mesma estante com tranca quando ficava sozinha no escritório do pai. Ainda assim, não teve um pingo de dúvida de que a garota e a gata estariam agora mesmo fazendo a tal venda coercitiva de milagres em algum canto. Depois de tentar pela enésima vez, desistiu, fechou o livro e o devolveu à estante, trancando-o. *Nós vamos nos encontrar de novo um dia*, disse a si mesma. Foi então que, movida por um impulso, ela decidiu se sentar à escrivaninha do pai. Do lado de fora da janela, viu uma única pétala de cerejeira passar flutuando.

Nesse instante, ouvi ao longe o som de um livro sendo fechado.

Obrigada.

Era a mesma voz que sussurrara certa vez: "Cuide bem do papai". Pelo menos, foi assim que pareceu.

Mas poderia ter sido só o miado de uma gata.

* * *

— Tudo bem, mãe? Você não conseguiu dormir bem de noite?

Olhos redondos a observavam quando ela abriu os seus. *Hum?* Kozue ficou um pouco confusa, mas dessa vez conseguiu se lembrar de tudo. Planejavam sair em família antes do almoço e estavam se arrumando de manhã cedo. O marido tinha saído para buscar o pai dela, que morava ali perto. Enquanto isso, como de costume, sua filha, Sakura, tinha implorado para que ela lesse *A loja se chama Sakura*.

O livro no qual aparecia uma garota com o mesmo nome que ela, embora escrito com caracteres diferentes, era o favorito da filha, e até motivo de orgulho. Talvez fosse algo natural, porque era obra do avô dela. Não era um livro para crianças, então Kozue não sabia dizer o quanto a menina conseguia entender. Ainda assim, embora o autor talvez não ficasse muito contente, Kozue tinha que admitir: o livro era incrivelmente eficaz para fazer a filha adormecer.

Naquele dia, foi ela que acabou dormindo. Mas, ao espiar o relógio depressa, não fazia nem dez minutos desde que o marido tinha saído. Ao que parecia, não tinha cochilado por muito tempo, mas, por alguma razão, sentiu como se tivesse tido um longo sonho.

A filha, tranquilizada por ver que a mãe estava acordada, disparou em direção à geladeira, dizendo que estava com fome.

— Cuidado para não sujar essa sua roupa de sair, viu?

Kozue correu atrás dela, chamando sua atenção. Como era de se esperar, uma garrafa de molho para salada caiu quando a porta foi aberta com força. Provavelmente fora guardada sem muito cuidado, ou pelo marido ou por ela mesma. Felizmente a tampa não saiu e acabou sendo só um susto. A filha, ainda pequena, pulava em frente à geladeira, pedindo um flan que não conseguia alcançar. Kozue pegou a garrafa de molho para salada às pressas.

Ao se agachar para pegá-la, lembrou que também estava vestindo algo formal, um terninho cinza. Parecia um pouco com o uniforme do ensino médio. Ela se perguntou por que havia escolhido aquela roupa, mas logo deixou isso de lado, porque a campainha tocou.

— Cheguei!

— É o papai!

A menina se virou no mesmo instante, e parecia ter se esquecido do flan. Quanta agitação.

— Trouxe o seu pai. Ele está esperando no carro.

— Obrigada. Vou só ver se o fogão está desligado e já encontro vocês. Eu tranco a porta. Você pode levar a Sakura?

— Certo.

Foi ideia do pai dela plantar uma cerejeira para comemorar o ingresso de Sakura no ensino fundamental. O escritor Kazuhiko Tonami também acabava se empolgando quando se tratava da própria neta. Kozue soube que, todos os anos, no começo de março, era realizado um evento na cidade para o plantio de cerejeiras — e assim decidiram participar. Alguns parentes que estavam disponíveis, além de outros convidados vindos de Tóquio, também confirmaram presença.

A ilustradora do livro estava entre os convidados do pai. Ela disse que coincidiu de ter um compromisso na região.

Kozue estava ansiosa para conhecê-la, mas sentia-se ao mesmo tempo honrada e constrangida ao pensar que ela dedicaria o tempo dela para aparecer lá. Preferiu pensar que era em virtude do carisma do pai.

Estava sol, mas ainda fazia bastante frio do lado de fora naquela época do ano, e quando o sol se escondia, a temperatura despencava. No banco de passageiro, Kozue se perguntava se os visitantes de Tóquio estariam bem agasalhados. Ouviu a filha pedindo gizes de cera novos para o avô no banco de trás.

— Não mime ela demais, viu? — advertiu, e, pelo retrovisor, viu a pequena fechando a cara.

Nesse instante, pensou: *Ah, como eu sou feliz.*

Chegaram uma hora antes do início da cerimônia. Havia fileiras dos pés que foram plantados até o ano anterior, mas que ainda não estavam com os botões de flores. Kozue pensou que tinham chegado cedo demais, mas logo os visitantes começaram a aparecer em pequenos grupos, e os cumprimentos quase não cessaram. Foi então que Kozue foi apresentada à ilustradora que trabalhou no livro do pai.

— Esta é Mio Kisanuki. Ela fez as lindas ilustrações.

Kozue se curvou.

— Prazer em conhecê-la. Muito obrigada pelo seu trabalho. Sou filha dele, Kozue. Meu sobrenome mudou para Shimaoka depois de me casar. Sempre quis agradecê-la pessoalmente, então fico feliz que pudemos nos encontrar hoje.

— Ah, imagina. O trabalho do seu pai que é brilhante.

Ela contou que suas obras foram publicadas em revistas de mangás desde a época da faculdade, e continuou com serializações desde então. A proposta de ilustrar o livro do pai de Kozue chegou bem quando ela estava pensando em expandir a área de atuação, e ela passou a ter mais trabalhos desse tipo.

— Por isso, eu é que devo agradecer.

Kozue notou que o xale roxo nos ombros dela parecia bastante grosso e ficou mais tranquila. Alguém chamou o pai dela e, pedindo licença, ele se afastou. Olhando ao redor, a filha de Kozue corria pelo espaço aberto segurando a mão do pai. Na verdade, era a menina quem o conduzia, correndo animada pelo espaço.

Kozue se viu sozinha com Mio Kisanuki. Havia pessoas por perto, mas não pareciam prestar atenção nelas. Era agora ou nunca — mas, antes mesmo que esse pensamento surgisse com clareza, as palavras já estavam escapando da boca de Kozue.

— Tem algo que eu sempre quis te perguntar. Como você conseguiu retratar aquele lugar com tanta precisão? Até mesmo as roupas da garota e as manchas da pelagem da gata tricolor...

A ilustradora arregalou os olhos em uma expressão travessa e respondeu:

— Você fala como se já tivesse estado lá.

O olhar intenso da moça fez Kozue hesitar por um instante, mas ela concluiu que não adiantaria esconder a verdade. Decidiu abrir o jogo.

— Devo ter estado lá uma única vez. Só que foi há muito tempo.

Depois que falou, ela teve dúvidas se aquilo era verdade. *Será que foi mesmo há muito tempo? Quando adormeci lendo o livro do meu pai... senti como se estivesse tendo um longo sonho...*

No entanto, tais pensamentos se foram com a fala seguinte de Mio.

— Eu também fui, só uma vez. Pouco depois de perder minha mãe. Por isso que consegui desenhar.

Foi a vez de Kozue ficar surpresa. Quis dizer alguma coisa, mas não soube o quê. Sentiu um impacto nas pernas. Era a filha, que a agarrava.

— Achei você, mamãe!

Não me lembro de estar brincando de esconde-esconde com você. Mal teve tempo de contemplar esse pensamento, e Mio perguntou:

— Sua filha?

— É, ela se chama Sakura, escrito em caracteres hiragana.

— Ah, que nome lindo.

A ilustradora sorriu discretamente para Sakura, curvou-se para se despedir e caminhou para a direção oposta, provavelmente para se juntar ao grupo com o pai de Kozue e as pessoas da editora. A menina continuava agarrada às pernas da mãe.

— Sakura, hoje você é a estrela. Nada de tropeçar, cair e acabar chorando, hein?

— Não vou cair.

— Será?

Enquanto trocava aquelas palavras com a filha, Kozue se perguntou se sua mãe teria falado com ela dessa forma quando era pequena. Então, pousou a mão sobre a cabeça da filha e olhou para o céu. *Um dia, quando essas novas cerejeiras crescerem e florescerem numa fileira de pétalas maravilhosas, espero que mamãe e Kobako possam olhá-las lá de onde estiverem.*

O sol derramava sua luz sobre elas. Apesar do frio, a luz que as envolvia parecia ter vida própria.

EPÍLOGO

A GAROTA ESTAVA OLHANDO para o toca-discos havia algum tempo. O mesmo disco, com seu rótulo vermelho vibrante no centro, continuava girando. As sobrancelhas dela se franziram levemente, e a boca quase formava um bico. Assim, diante do olhar dela, a agulha de repente fez um movimento brusco. O objeto que se aproximava do eixo central do movimento voltou para a extremidade externa de súbito. Aconteceu em uma fração de segundo, e não havia causado ruído nem alterado o ritmo da música. O ritmo de compasso três por quatro mantinha a vibração no ambiente do lugar, como sempre.

— Eu sabia.

A garota cruzou os braços com exagero e movimentou a cabeça, exalando ar pelo nariz com um ar vitorioso. Então, descruzou os braços e com uma das mãos alisou o cabelo, devagar, como se lamentasse.

— Eu estava mesmo achando estranho.

O ambiente, preenchido pelo aroma de café, estava decorado com vasos solitários com ramos de cerejeira. Inúmeros livros de tamanhos e grossuras distintos preenchiam as estantes que ocupavam todos os cantos, como as paredes, mesas grandes e os cantos do balcão. A garota virou-se para a gata tricolor, sua única companheira, que se ligava com o mundo através desses livros somente na época de cerejeiras.

— Olha, Kobako. A agulha volta para a parte da flauta do início bem no clímax desse disco. É por isso que "Bolero" nunca acaba. Estava mesmo achando estranho.

A gata abriu apenas um dos olhos e deu um bocejo. A gata cujo nome era Koubako estava sentada como se estivesse determinada a fazer jus ao significado do nome, termo em japonês usado para a posição de pão de forma em que ela se encontrava, com uma perfeição digna de uma medalha olímpica, caso existisse a modalidade "pão de forma" nas Olimpíadas Felinas.

— E eu não esqueci, não. Foi você que fez esse risco, não foi? Você fez isso de propósito? E dá para fazer essas coisas assim, querendo, é?

A garota perguntava de forma incisiva, mas a gata permanecia impassível. Talvez estivesse fingindo não ouvi-la. Pelo jeito como mexia os bigodes, não parecia estar totalmente adormecida. Enquanto observava a gata, a garota pensou consigo mesma: *Talvez ela seja capaz de algo assim. Afinal, milagres acontecem com mais frequência do que imaginamos.*

Havia momentos em que a garota se sentava e se perguntava o que tudo aquilo significava, e por que eles — ela, a gata e a loja — existiam. Mas decidiu que as respostas para essas perguntas não importavam. *Ficar aqui e, por vezes, abrir um dos livros favoritos e lê-los em voz alta, esperando pelo momento em que alguém no mundo sinta a necessidade de vir neste estabelecimento e vivenciar o poder de um milagre. Só isso deve bastar.*

— Não é, Kobako? Até porque é isso que fazemos como empurradoras de milagres.

A garota se virou para a gata de novo, buscando aprovação. Dessa vez, a gata entreabriu os olhos e miou uma única vez, com uma expressão de tédio.

Do lado de fora, mesmo sem brisa, a cerejeira mística movia as cores em um movimento nem rápido nem lento, mas que nunca pararia, sem começo nem fim. Ninguém poderia dizer se um mesmo padrão surgiria alguma vez naquele meio.

A garota se questionou, observando a vista, se havia o conceito de fim naquele lugar. Um mundo fechado onde a eternidade chamada momento fluía, com a possibilidade de se conectar com todas as coisas existentes. A garota e a gata estavam nesse ambiente místico e ininteligível. Ela podia se ligar com qualquer lugar de qualquer época, contanto que as condições fossem preenchidas.

Entretanto, qualquer pessoa podia encontrar um mundo parecido perto de si. Nos livros. Assim como o estabelecimento da garota e da gata, tudo o que se pode imaginar existe dentro de um livro. As centenas de páginas entre a primeira e a quarta capas são, cada uma, preenchidas pelos símbolos chamados de letras, geralmente impressos em tinta. Com a ajuda do poder da imaginação dos humanos, elas representam coisas nunca vistas na realidade, como o príncipe que veio de um pequeno asteroide distante, um garoto que nunca se torna adulto ou um lírio que floresce depois de cem anos.

Não é só isso. Quando grafadas em livros, a palavra "eternidade", por si só, gera o tempo perpétuo, e o termo "infinito" se desfaz de todos os limites sobre a terra. Esse é o poder das palavras. Livros são o portal para o desconhecido. Acolhem calorosamente as pessoas que se aventuram a entrar neles, convidando-as a qualquer momento.

Agora que você está prestes a terminar de ler este livro, a dupla da garota de vestido jardineira vinho e a gata tricolor de pelos compridos já deve existir em sua mente. Nesse momento, elas estão na loja contando as horas para a chegada da temporada de flores de cerejeira, pegando um dos livros favoritos para se distrair e abrindo-os, esperando com entusiasmo que você leia o mesmo trecho do mesmo livro, ao mesmo tempo.

Assim, a história retorna ao início.

O estabelecimento, chamado Sakura, fica em um lugar indefinido no mundo. Em frente à loja, há uma cerejeira de ramos pendentes que controla o tempo e os milagres, na qual florescem botões peculiares.

O portal para o local se abre somente quando as cerejeiras estão em plena floração.

Playlist

Cherry Blossoms - Claudio Constantini
Magic Mountain - Japanese Breakfast
Hana - Fuji Kaze
ゆめうつつ - Lamp
Dawn in the Adan - Ichiko Aoba
emulation (mode:totonee) - stargaze shelter
信じてほしい - Chippoke Ohashi
3% - Sato
frozen ship - Kana Wakareno
eau - yukata hirasaka
flower - paniyolo, Akio Watanabe
ある喫茶 - mei ehara
tricolore - mamerico
踊り子 - Vaundy
ふたり基地 - Haku.
Prism Heart - Yogee New Waves
独り言 - Asagaya Romantics
グライド - Lily Chou-Chou
Nostalgia - Joe Hisaishi
Waterfall - RICEWINE
Cheers - Lucid Green
killer tune kills me - KIRINJI, YonYon
Cherry Blossom - Joshua Bassett
surf. - wave to earth
SAKURA - Ikimonogakari

Este livro foi impresso em 2026, pela Lisgráfica, para a Harlequin.
O papel do miolo é Bold 70g/m² e o da capa é cartão 250g/m².